海上絲綢之路基本文獻叢書

南海雜詠

〔明〕張詡 撰

文物出版社

圖書在版編目（CIP）數據

南海雜詠 /（明）張詡撰. -- 北京 : 文物出版社,
2022.6
（海上絲綢之路基本文獻叢書）
ISBN 978-7-5010-7516-4

Ⅰ. ①南… Ⅱ. ①張… Ⅲ. ①古典詩歌－詩集－中國
－明代 Ⅳ. ①I222.748

中國版本圖書館 CIP 數據核字（2022）第 068555 號

海上絲綢之路基本文獻叢書
南海雜詠

著　　者：〔明〕張詡
策　　划：盛世博閲（北京）文化有限責任公司

封面設計：鞏榮彪
責任編輯：劉永海
責任印製：張　麗

出版發行：文物出版社
社　　址：北京市東城區東直門内北小街 2 號樓
郵　　編：100007
網　　址：http://www.wenwu.com
郵　　箱：web@wenwu.com
經　　銷：新華書店
印　　刷：北京旺都印務有限公司
開　　本：787mm×1092mm　1/16
印　　張：12.75
版　　次：2022 年 6 月第 1 版
印　　次：2022 年 6 月第 1 次印刷
書　　號：ISBN 978-7-5010-7516-4
定　　價：90.00 圓

總緒

海上絲綢之路，一般意義上是指從秦漢至鴉片戰争前中國與世界進行政治、經濟、文化交流的海上通道，主要分爲經由黄海、東海的海路最終抵達日本列島及朝鮮半島的東海航綫和以徐聞、合浦、廣州、泉州爲起點通往東南亞及印度洋地區的南海航綫。

在中國古代文獻中，最早、最詳細記載『海上絲綢之路』航綫的是東漢班固的《漢書·地理志》，詳細記載了西漢黄門譯長率領應募者入海『齎黄金雜繒而往』之事，書中所出現的地理記載與東南亞地區相關，并與實際的地理狀況基本相符。

東漢後，中國進入魏晋南北朝長達三百多年的分裂割據時期，絲路上的交往也走向低谷。這一時期的絲路交往，以法顯的西行最爲著名。法顯作爲從陸路西行到印度，再由海路回國的第一人，根據親身經歷所寫的《佛國記》（又稱《法顯傳》）一書，詳細介紹了古代中亞和印度、巴基斯坦、斯里蘭卡等地的歷史及風土人情，是瞭解和研究海陸絲綢之路的珍貴歷史資料。

隨着隋唐的統一，中國經濟重心的南移，中國與西方交通以海路爲主，海上絲綢之路進入大發展時期。廣州成爲唐朝最大的海外貿易中心，朝廷設立市舶司，專門管理海外貿易。唐代著名的地理學家賈耽（七三〇～八〇五年）的《皇華四達記》記載了從廣州通往阿拉伯地區的海上交通『廣州通夷道』，詳述了從廣州港出發，經越南、馬來半島、蘇門答臘半島至印度、錫蘭，直至波斯灣沿岸各國的航綫及沿途地區的方位、名稱、島礁、山川、民俗等。譯經大師義净西行求法，將沿途見聞寫成著作《大唐西域求法高僧傳》，詳細記載了海上絲綢之路的發展變化，是我們瞭解絲綢之路不可多得的第一手資料。

宋代的造船技術和航海技術顯著提高，指南針廣泛應用於航海，中國商船的遠航能力大大提升。北宋徐兢的《宣和奉使高麗圖經》詳細記述了船舶製造、海洋地理和往來航綫，是研究宋代海外交通史、中朝友好關係史、中朝經濟文化交流史的重要文獻。南宋趙汝適《諸蕃志》記載，南海有五十三個國家和地區與南宋通商貿易，形成了通往日本、高麗、東南亞、印度、波斯、阿拉伯等地的『海上絲綢之路』。宋代爲了加强商貿往來，於北宋神宗元豐三年（一〇八〇年）頒佈了中國歷史上第一部海洋貿易管理條例《廣州市舶條法》，并稱爲宋代貿易管理的制度範本。

元朝在經濟上採用重商主義政策，鼓勵海外貿易，中國與歐洲的聯繫與交往非常頻繁，其中馬可•波羅、伊本•白圖泰等歐洲旅行家來到中國，留下了大量的旅行記，記録元代海上絲綢之路的盛况。元代的汪大淵兩次出海，撰寫出《島夷志略》一書，記録了二百多個國名和地名，其中不少首次見於中國著録，涉及的地理範圍東至菲律賓群島，西至非洲。這些都反映了元朝時中西經濟文化交流的豐富内容。

明、清政府先後多次實施海禁政策，海上絲綢之路的貿易逐漸衰落。但是從明永樂三年至明宣德八年的二十八年裏，鄭和率船隊七下西洋，先後到達的國家多達三十多個，在進行經貿交流的同時，也極大地促進了中外文化的交流，這些都詳見於《西洋蕃國志》《星槎勝覽》《瀛涯勝覽》等典籍中。

關於海上絲綢之路的文獻記述，除上述官員、學者、求法或傳教高僧以及旅行者的著作外，自《漢書》之後，歷代正史大都列有《地理志》《四夷傳》《西域傳》《外國傳》《蠻夷傳》《屬國傳》等篇章，加上唐宋以來衆多的典制類文獻、地方史志文獻，集中反映了歷代王朝對於周邊部族、政權以及西方世界的認識，都是關於海上絲綢之路的原始史料性文獻。

海上絲綢之路概念的形成，經歷了一個演變的過程。十九世紀七十年代德國地理學家費迪南·馮·李希霍芬（Ferdinad Von Richthofen，一八三三～一九〇五），在其《中國：親身旅行和研究成果》第三卷中首次把輸出中國絲綢的東西陸路稱爲『絲綢之路』。有『歐洲漢學泰斗』之稱的法國漢學家沙畹（Édouard Chavannes，一八六五～一九一八），在其一九〇三年著作的《西突厥史料》中提出『絲路有海陸兩道』，蘊涵了海上絲綢之路最初提法。迄今發現最早正式提出『海上絲綢之路』一詞的是日本考古學家三杉隆敏，他在一九六七年出版《中國瓷器之旅：探索海上的絲綢之路》中首次使用『海上絲綢之路』一詞；一九七九年三杉隆敏又出版了《海上絲綢之路》一書，其立意和出發點局限在東西方之間的陶瓷貿易與交流史。

二十世紀八十年代以來，在海外交通史研究中，『海上絲綢之路』一詞逐漸成爲中外學術界廣泛接受的概念。根據姚楠等人研究，饒宗頤先生是華人中最早提出『海上絲綢之路』的人，他的《海道之絲路與昆侖舶》正式提出『海上絲路』的稱謂。選堂先生評價海上絲綢之路是外交、貿易和文化交流作用的通道。此後，大陸學者馮蔚然在一九七八年編寫的《航運史話》中，使用『海上絲綢之路』一詞，這是迄今學界查到的中國大陸最早使用『海上絲綢之路』的人，更多地限於航海活動領域的考察。一九八〇年北京大學陳炎教授提出『海上絲綢之路』研究，并於一九八一年發表《略論海上絲綢之路》一文。他對海上絲綢之路的理解超越以往，且帶有濃厚的愛國主義思想。陳炎教授之後，從事研究海上絲綢之路的學者越來越多，尤其沿海港口城市向聯合國申請海上絲綢之路非物質文化遺産活動，將海上絲綢之路研究推向新高潮。另外，國家把建設『絲綢之路經濟帶』和『二十一世紀海上絲綢之路』作爲對外發展方針，將這一學術課題提升爲國家願景的高度，使海上絲綢之路形成超越學術進入政經層面的熱潮。

與海上絲綢之路學的萬千氣象相對應，海上絲綢之路文獻的整理工作仍顯滯後，遠遠跟不上突飛猛進的研究進展。二〇一八年厦門大學、中山大學等單位聯合發起『海上絲綢之路文獻集成』專案，尚在醞釀當中。我們不揣淺陋，深入調查，廣泛搜集，將有關海上絲綢之路的原始史料文獻和研究文獻，分爲風俗物産、雜史筆記、海防海事、典章檔案等六個類别，彙編成《海上絲綢之路歷史文化叢書》，於二〇二〇年影印出版。此輯面市以來，深受各大圖書館及相關研究者好評。爲讓更多的讀者親近古籍文獻，我們遴選出前編中的菁華，彙編成《海上絲綢之路基本文獻叢書》，以單行本影印出版，以饗讀者，以期爲讀者展現出一幅幅中外經濟文化交流的精美畫卷，爲海上絲綢之路的研究提供歷史借鑒，爲『二十一世紀海上絲綢之路』倡議構想的實踐做好歷史的詮釋和注脚，從而達到『以史爲鑒』『古爲今用』的目的。

凡例

一、本編注重史料的珍稀性，從《海上絲綢之路歷史文化叢書》中遴選出菁華，擬出版百册單行本。

二、本編所選之文獻，其編纂的年代下限至一九四九年。

三、本編排序無嚴格定式，所選之文獻篇幅以二百餘頁爲宜，以便讀者閱讀使用。

四、本編所選文獻，每種前皆注明版本、著者。

五、本編文獻皆爲影印，原始文本掃描之後經過修復處理，仍存原式，少數文獻由於原始底本欠佳，略有模糊之處，不影響閱讀使用。

六、本編原始底本非一時一地之出版物，原書裝幀、開本多有不同，本書彙編之後，統一爲十六開右翻本。

目録

南海雜詠

南海雜詠

十卷

〔明〕張詡 撰

明弘治十八年袁賓刻本

南海雜詠序

昔人於其鄉之山川人物古今勝蹟類有永言蓋所以道其興廢顯晦之故以寓夫弔古傷今之意登高望遠之情欣悼嗟嘆溢乎言表于以傳之鄉人播諸

天下後世使讀之者宛如身歷其地而目擊其事可勸可戒而不自知其感慕之至也其所以有關於人心世道夫豈細故也哉予嘗有志於斯而力未暇以爲也成化甲午叨領鄉書寧親

于漳州之公署定省課書之暇塊然無所營因取南海志書讀之采其古今景迹之著者各賦詩以詠之積成計凡若干首細書成帙分為十卷以其皆一郡之蹟而詩畧備古今諸體也因

名之曰南海雜詠云所慊者養淺而積薄發而為辭類近而弗邃鬱而弗章風韻不長不能極揄揚蹈厲之興以追配乎昔人之萬一為可愧耳然異時或携之以遊江湖之間居山林之下

時取一篇與漁父樵童野僧田
畯長歌短詠以侑尊俎資笑談
亦足以慰其羈旅之情故鄉之
思索居之寂而已矣若夫傳不
傳予又安敢置固必於其間邪
戊戌丁酉春二月既望鄒人張

詡廷實序

雜詠少作率多鹵莽殊不足觀近輯厓山新志引用書目中偶及之斯名一出索觀者接踵予弟觝悉拒之也時在告藥餌之外無所爲因

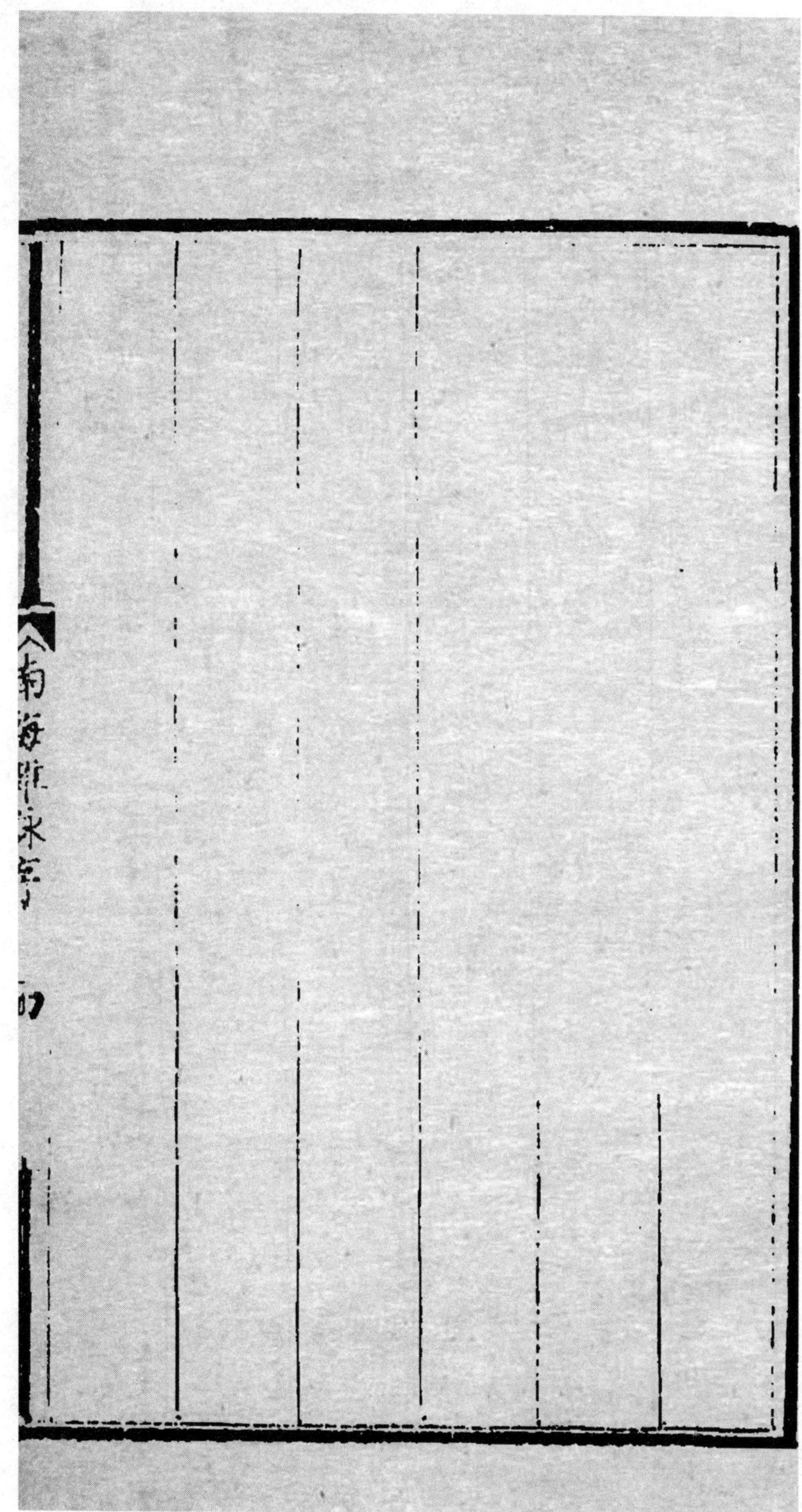
南海雜詠序
四

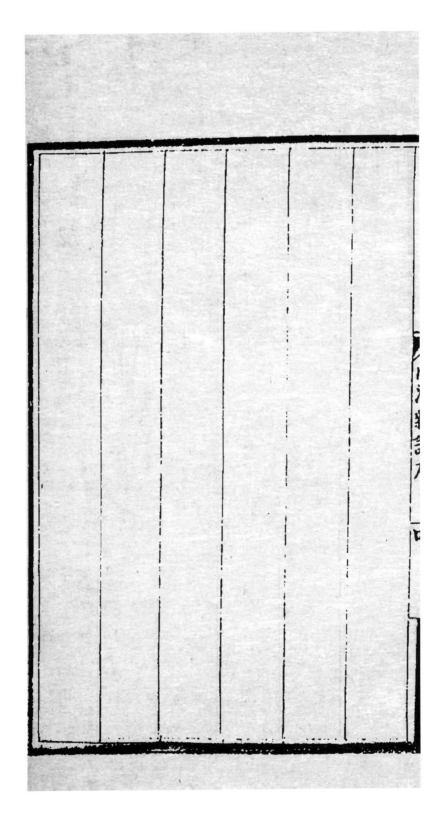

南海雜詠目録

卷之一

古蹟

卷之三

塜墓

卷之四

卷之六

泉石

簾泉　七言古詩一首

貪泉　七言絶句一首　長歌一首

達磨泉　七言絶句一首

安期丹井　古辭一首

東坡井　三言一首

雲母井　七言絶句六首

大小水簾洞　七言絶句一首

文溪　五言絶句二首

卷之七

臺亭

卷之八

寺觀

番塔　五言古詩一首

千佛塔　七言絶句一首

悟性寺　五言絶句一首

法性寺　七言絶句一首

白雲寺　七言絶句二首

華嚴寺　七言絶句一首

靈化寺　七言絶句一首

蒲㵎寺　五言律詩一首

景泰寺　五言律詩一首

卷之九

橋梁

卷之十

雜賦

白鵰歌　七言長歌一首

石龜　五言絶句一首

銅鼓　七言古詩一首

舍利子　五言絶句一首

菩提樹　五言絶句一首

波羅蜜果　七言古詩一首

屈眴布　七言古詩一首

靈鐘　五言絶句一首

鐵柱　古樂府一首

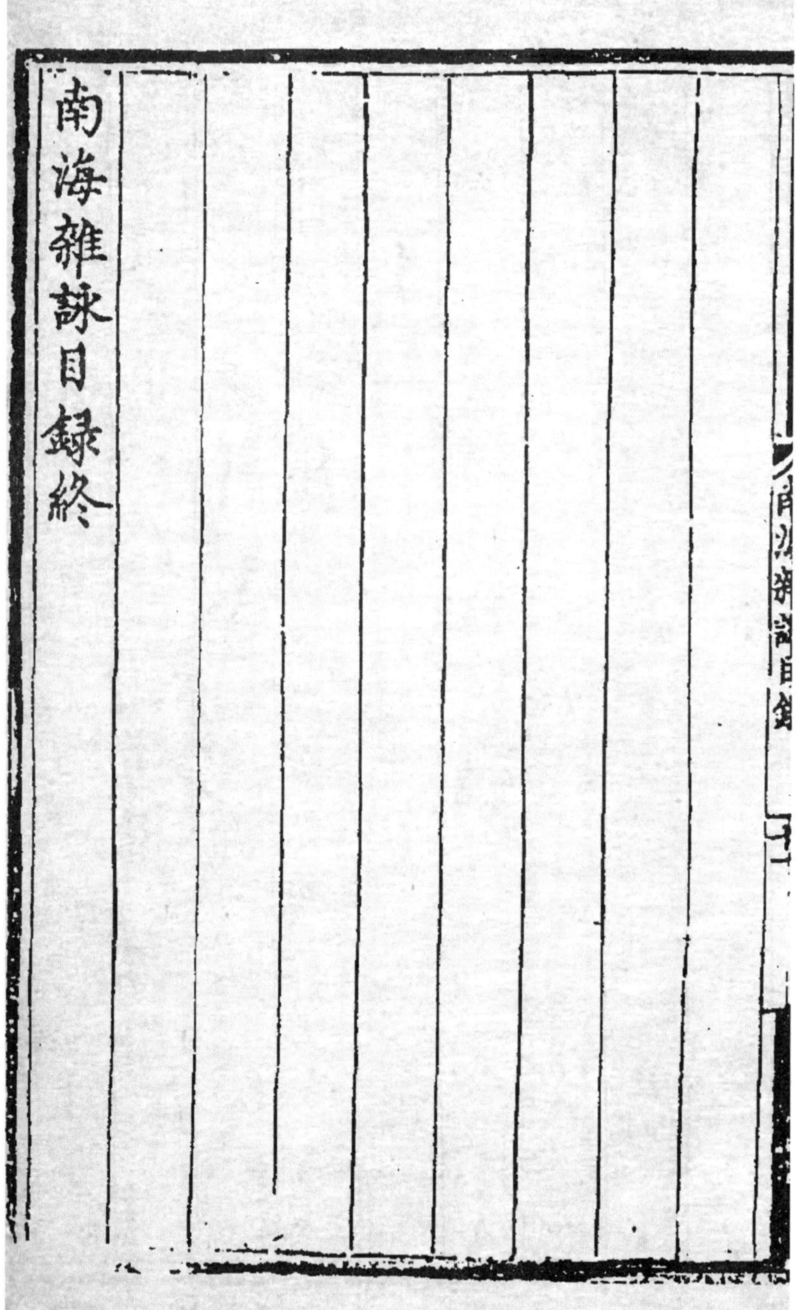
南海雜詠目録終

南海雜詠卷之一

郡人張詡廷實

古蹟

任囂城以下皆久廢

番禺雜志云在今城東二百步

我聞南海尉親拜秦皇命如何垂死日獨速龍川令蕭[illegible]豈伊人驟授虜王柄纍纍百雉城遺蹟了無證惟餘徧伯風颯颯生五嶺

趙佗城

在南海縣城周十里佗築之後為黃巢所焚

衮衣玉食居然僭自比蕭曹亦不疑十里金城何處所只今惟有月明知

安期昇僊臺

在蒲澗上

白日登宸去三珠幾度花秦皇無覓處第見棗如瓜

朝漢臺

在真乘寺側南越志云尉佗歲時登此朝拜故名臺一名武王臺蓋佗并桂林

象郡之初自立爲武王故名焉

衆星拱北知天道萬水朝宗識地靈朝漢有臺當混一豈緣高帝事窮兵

劉王郊臺

在城西硬部即朝漢臺故址南漢時郊於其上志謂在郡北蒲㵎山者非也

五代亂離際虎據南越陬稱制乘黃屋下令祟圜丘僭復掃地規有事于春秋燔柴登黃壇衷主被玄袞滛哇無九成駿奔非諸侯明禋祈奏格海風空颸颸禺魚思假息穴蝦求久休遺壝

今霍然但見樵蘇遊慨彼周東遷禮樂成謬悠
魯郊不欲觀自餘何足尤

甘溪

在郡東北五里晉刺史陸胤所鑿後人建亭其上呼爲陸公亭

海濱多斥鹵此水獨稱真泉脉應通海清甘故
可人幾回陵谷變轉瞬古今陳當時歌舞地極
目但寒蕪

宋公遺愛祠

在藩府西即廣平堂爲唐宋璟立張説作碑

懿歟宋公德大有容明明在公耿耿于衷民始茅茨火災是苦寔公教之陶瓦築堵公之去矣笑色日遠遺愛在人千載弗諼生則君之死則尸之君之尸之民之秉彝

劉王花塢

在千佛寺側桃花流水一二里可通小舟志謂在郡西六里地名泮塘者非也

劉王僭號乾亨偽漢年號初金羊遊幸駕雲車近者月峽池名遠禹餘離宮名更有花塢藏名姝桃花落水如錦鋪紫衣霞裾引女巫瓊仙名寵姬花貌西

施都廷琄僞漢嬖狎忠膽伍子胥劒樹刀山紂不如
聽譊殺忠類閶闔清歌妙舞恰懽娛一夜芝園
生墻隅野獸觸宮牟吐珠井石立行百步餘百
花四首化蓁蕪巳見麋鹿遊姑蘇

離宮

在西城內劉王集方士鍊丹其中

徐福樓船不見還茂陵松栢亦摧殘區區恩赦
何為者也向離宮學鍊丹

玉液池

在郡城西又名明月峽僞劉每歲端午令宮人競渡其間

五月五日綵隊出宮娥粉黛爭盛飾龍舟競渡玉液池君王沉醉連日夕淡蕩春風花草香黃鸝恰恰啼薔墻當時歌舞遊人樂今日荒苔管夕陽

花田

在郡西十里三角市劉漢時有美人名素馨者死瘞於此遂生此花而香獨異後人名為素馨花

玉貌賽楊妃專宮寵特奇生憎脂粉涴不分月

明欺金屋人何在素馨名獨垂嬌羞如可貌得
似在宮時

遠華樓

在大市闤闠中即越樓也前瞰南濠高聳為一郡之壯又名共樂其下嘗貯歌妓酤飲于此俗呼花橋是也

遠華樓前百花開金鞭紫騮嘶將來明眸皓齒
絕世艷玉簫金管振天哀遠華樓前百花落夜
夜樓頭吹畫角笙歌聲斷畫沉沉烟草愁生春
漠漠花開花落自年年今日繁華非復前塵世

幾人能得僊古來無恙此山川草芥功名何足云
覓浮雲富貴總何益君不見漳河銅雀起秋風
洛下銅駝在荊棘

壽安院

在威遠門內宋寶祐間提舉劉震孫建廨庫于南濠街收其息以贍貧病

期治安闕壽域東溟波震孫澤衣我衣食我食
彼無惡此無斁

洗耳亭

在白雲山滴水巖下四山環立飛瀑下注相傳有與人洗耳於此

楚漢紛爭兮四海割據上無堯德兮疇識巢父

筆授軒

在光孝寺中昔制止鉢刺蜜帝彌迦釋迦對譯楞嚴經于此唐相房融筆授之後因以名軒有巨硯存云

白馬馱經來洛陽楞嚴筆授此何鄉從此法流東土遍曹溪一水入雲長

孔顔之後又朱程萬古斯文此日星麟筆幾人傳不錯蝌成蝌蚪未亡經

賦歸亭

在高[illegible]之上經略方[illegible][illegible]

陸賈通南越黃金滿橐回而今腰縱折誰肯賦歸來

菊坡亭

在郡北鹿步菊湖之上

菊湖之上菊坡亭西望羅浮萬仞青到處事功唐李泌暮年風節漢嚴陵

慈元殿

在厓山上宋幼主以舟師航海建行宮三十間殿以奉楊太后云

厓山尚說慈元殿死事多傳楊太妃勢力盡消名分在江山猶是主人非傷心北騎腥塵滿四首西山日色微一自滄波沉玉後貞風人嘆古來稀

東坡亭

在古勞都坡亭山昔東坡南遷尋僊人鍾呂過此愛其山水之勝因駐車盤桓久之後人慕之為築此亭

開道坡亭跡已空古勞都下幾秋風神僊到處期鍾呂出處當年恨長公一代文章如白日百

年心事逐飄蓬數聲頻借遼陽鶴喚醒英魂耳

漢中

峽山書堂

在峽山寺東相傳黃帝二庶子隱此讀書

僧寺依山麓書堂面水隈爲湖龍馭遠禹竹鳳聲哀禹貢不及戴秦關尚未開如何二帝子萬里却能來

萬人城

在靖遠中宿北隕山秦尉佗所築

長城築中宿雉堞一萬箇飛語嶺外傳關中今已破

燕喜亭

在連州城北唐王弘中謫官於此建韓愈作碑

連山蒼蒼湟水東之之公之謫委蛇委蛇陟彼高原廼夷廼披有亭巋然韓愈作碑天子在御公遄來歸智謀仁居天朝羽儀世遠人亡名流燕喜文光萬丈照耀天地

雙溪亭

在連之海陽湖唐劉禹錫所建與裴侍御倡和其間

青山想像昔詩人明月不見裴侍御一條白練自天飛雙溪亭前和人語

濯纓堂

在雙溪之傍宋張魏公謫官授館於此

吾聞古君子無入不自得身窮道不窮茲理甚不惑雙溪本滄浪魏公亦孺子有歌人不聞時無聖人耳

丞相書院

在遠之嘉魚場左建以祀張魏公

每聞車馬當局錯幾見鹽梅下手親張羅欲捕當年鳳笑救東湖賣履人

嘉魚場左有書院說是連人祀魏公三百年來扶社稷一場春夢又成空

岳墓南枝露未繁相公玉珮響金門往來莫打西湖過萬古烟波萬古寃

列秀亭

在遠州魏公父子登覽之所

連山有橋梓高出雲漢表清風時一吹白日獨不照橋木已入雲寸朽良不少梓木忽黍天材宜棟廊廟橋梓遺遠方棄材天所誚

尊韓書院

在陽山縣昌黎讀書處

天上有奎星忽墜陽山陬光焰萬丈長居人詢來由陽山古荒服文教所不布皇穹憫斯人特遣文星下叶長戈回白日隻手障狂瀾至獻反遭刖長流嶺海開風俗一再變文物一再盛人

人得我師耳提而面命奎星圖書府壓世郍久住物從天上來還從天上去

建德故宅

在城西北漢南越王弟建德故宅也後為虞翻園今為光孝寺

百粵山川秀三城甲第雄朝元泰佗宮名花萼接避暑水晶同羅綺春風下樓臺烟雨中娥眉嬌欲泣狐媚語偏工銅鼓千門沸金蓮徹夜紅筵歌閒院院雲霧隔重重泡影千年計繁華一旦空遂成兵燹地長動黍離風人物消應盡江山覓

不窮昔爲虞氏圃今作梵王宮有客題詩遍無
人載酒從西來僧未覩何處問圓通

漏澤園

在連之北城相傳昔之
貧無地者許塟於此

白骨已成塵遊魂散歸寂不似古戰場風雨聲
啾唧

雙闕

在郡之西城乾道中南海劉氏二女毋
父病一刲肝一刴股以救之事聞詔即
所居立闕

劉氏女髮初蟠母病在床女眼血未乾五内生火欲焚死何惜一縷股與肝一割肝一割股赤刀拔處星斗寒強母開口股肝進劉氏女心如剜生魂訴天天爲泣母坐藜床病如失鳴乎墉上龍號人英殺父尚欲爭杯羹

十賢堂

在郡治城上十賢者吳隱之宋璟李尚隱盧奐李勉孔戣盧鈞蕭倣滕脩王綝也乃蔣之奇增益别有八賢祠蓋潘美向敏中余靖魏瓘邵曄陳世卿陳從易張頡也乃周自強所立

覽尉佗之故墟兮風氣依華而固藏山川盤結而崇鬱兮延袤十里之修城攜絜酒以展敬兮登十八賢之祠堂繄肇晉而迄宋兮偉諸公脩德之相望吳宋二李二盧兮與夫孔蕭而滕王共為十賢兮咸以臧業而顯揚後有八賢為潘向兮與余魏二陳而邵張瞻典刑之具存兮撫載籍而增傷嘅淳風之日頹兮民趨靡而奔庬責以悍吏之羅織兮室家啼饑而號寒窮亡憔悴已無聊兮仍骨髓之是剜皇穹作憤怒之色

兮太陽黯淡而不明懷諸公之遺愛兮寔縈樟而夥慶跽颸言以嘷涕兮念赤子之彷徨羗彼貪墨而僨政兮胡不泚顙而汗背夫何風雨摧敗而不葺兮坐視為草莽之堙塞先賢遺躅棄而不顧兮其為政固可知也顧蠢蠢其何辜兮獨不沾膏澤之遺也言及茲而興喟兮嘆諸公之不可期也安得起諸公於九原兮為吾民之父師也去諸公奚啻千祀兮何人斯俎豆於其祠也胥起而振邁之兮庶有以慰吾民之思也

二獻祠

在十賢堂東祀唐張文獻九齡崔清獻與之治也

張文獻

都俞世遠真風邈，謇諤如公一代良。老牧荆州懸髮短，悉呈金鏡識心長。清吟歸燕詩情遠，力剪胡雛直道張。文獻風流清獻繼，千秋南海播餘芳。

崔清獻

腥塵當日半人寰，已見清泉白石開。公題劒閣詞云蒲澗

清泉白石怪蹝上不緣輕富貴賦成非是戀江我舊盟寒山九重屢遣温言速八十惟辭膂力慳今古人心豈相遠此風端自二蹝還

廉吏祠

在玄妙觀西吳隱之之祠也

人生幻化水漚同來也飄空去也空八百糊椒枉遺臭一雙琴鶴愧清風香沉南浦無長物犬鬻東門有固窮試問嶺南名宦幾清天白日得如公

運甓齋

在藩府西晉刺史陶侃運甓之所也

朝運一百甓暮運一百甓所運不在甓思以強吾力所強不在力思以扶中國丈夫始誕時弧矢四方射經營志四海遽肯守尋尺羯來胡亂華典午國步失温嶠奮斷裾祖逖悲擊楫所志在匡時寧干富貴適否壇面周公天門振八翼大小道則殊志定夢不易所以千載下英風動竹帛借問懷居徒栖栖竟何益

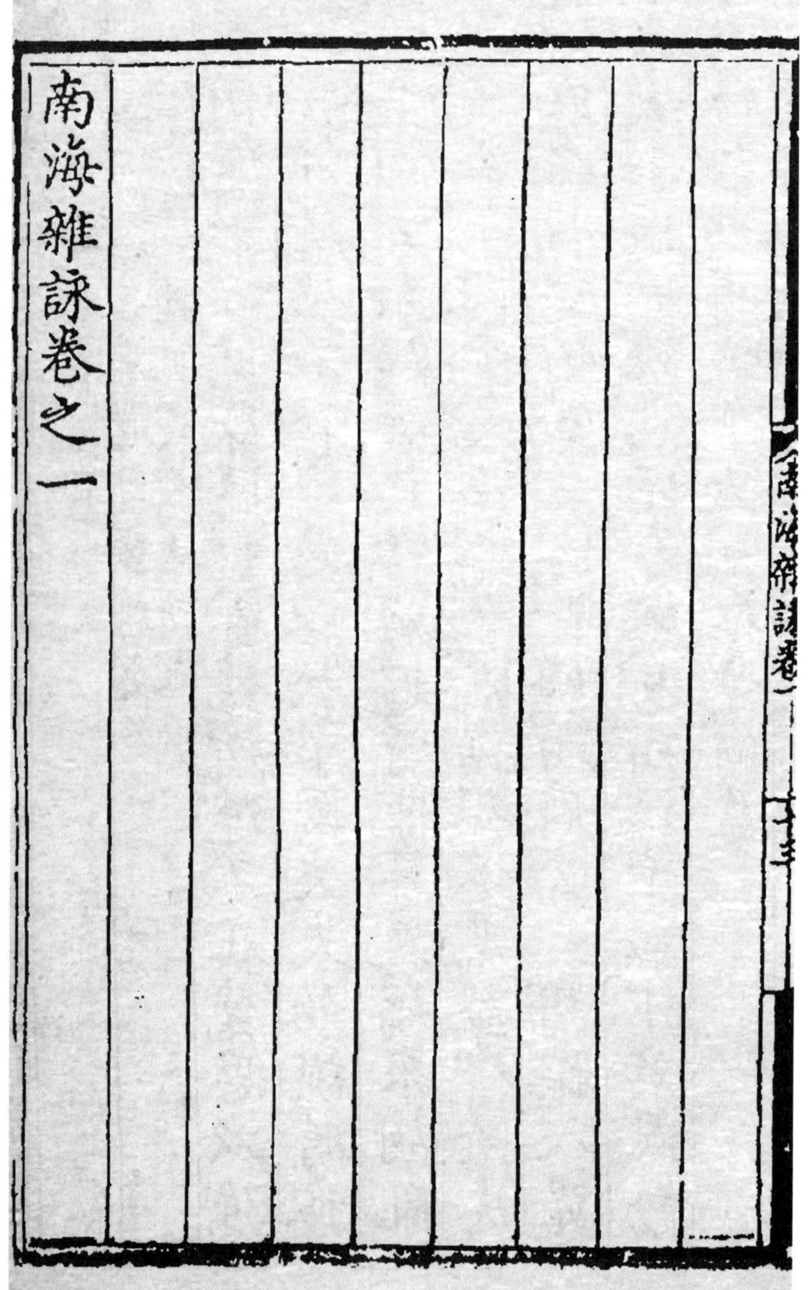
南海雜詠卷之一

南海雜詠卷一
十三

南海雜詠卷之二

郡人張詡廷實著

祠廟

南海廟

在郡東南八十里扶胥之口黄木之灣韓昌黎作廟碑

江湖信有滄溟大，天地長留此廟新。一代碑文韓愈古，千年封號本朝真。波羅影外迎初祖，銅鼓聲中格遠人。十雨五風神是主，頑昭靈貺答

皇仁

周元公祠

在濂泉書院前嶽象洲公嘗為廣南轉運判官後人思之立書院以祀之臨水有亭扁曰光霽後又改為愛蓮云

斯文喪千年蕪没一真路至人起舂陵黙契自天與開我以圖書淵源有宗祖下啓朱程門上步周孔武卓拭性命微秦漢所未悟我來拜祠下光霽透櫳戶碧草映紅蕖依然天水趣

祖廟

在佛山正統中黄寇亂神顯靈驗果攻不克事聞詔有司每歲致祀

吾聞北方號玄武乃是斗虚七宿神胡為人形而被髮還以避諱晚易真足躡龜蛇手握劍身被絳衣垂大紳至今佛山有廟食為民禦患曾呈身吁嗟吾民好為幻講禮之官失討論鬼神情狀先已昧感靈顯既從何申

楊公祠

在郡城内祀僉都御史楊公信民也正統己巳黄蕭養作亂郡城將陷得公至賊勢遂衰未幾公暴卒

干戈四起際保障此孤城日出氛埃淨春田草木榮群兇如瓦解大難逐潮平未及收功日轅門遽隕星

公昔維藩日齊民有二天一心恩活脫兩手拯顛連節鉞臨危至恩威到處宣粵人懷舊德香火至今虔

予既為詩以為公功德之頌矣復作迎送神辭二曲俾歲時歌以祀公云

蕉黃兮荔丹採荷為蓋兮緝花以為幡山寂寂

兮爲雲爲雨神不來兮我心鬱煩搔首兮延佇

颸廻旋兮起何處俎有肉兮尊有醑神盍歸來

兮容與

右迎神之曲

導豐隆兮駿飛廉擁長幡兮影飄翩儼聲靈兮

在上巫鼓瑟兮笛謳九曲兮未闋雲冉冉兮倏

西還旋音南有荔兮西有蓮神不留兮隕滮瀑漫

右送神之曲

金花小娘祠

在仙湖之西相傳郡有金氏女少希巫姿極麗時人稱為金花小娘後投于仙湖數日屍不壞且有異香鄉人神之為立祠予按金花雖有貞節顯異然失身巫覡不能守人道之常祠而祀之已非矣其後巫覡假之以惑世誣民滋甚廣之愚夫愚婦翕然從之使在位有狄梁公者出焉吾知是祠之在所去也必矣他如北郭外崔府君廟訛為東嶽行祠其陋習敗俗尤甚予特舉此以例其餘云爾

玉顏當日靚金花化作仙湖水面霞霞本無心
還片片晚風吹落萬人家

忠靖王廟

在玄妙觀西王即唐張巡也力守睢陽保障江淮缺食城陷不屈而死後江淮通祀之宋紹興中封忠靖威顯王故廟因名焉下守睢陽時有聞笛詩予用其韻

胡騎如雲四面臨髑髏堆裏度光陰江淮千里憑孤障鐵石三人許遠南霽雲雷萬春也共一心忠烈特書唐史直丹青遺廟粵城深襄陽更比睢陽急千載人誰嗣德音

周節婦祠

在平步堡郡人劉元妻宋李為強賊所逼周紿曰當盛服以從賊以為然不之

備遂投于蘭石海中

周家女兒古貞烈平生自比孤鸞潔比翼雌雌齊
鶯鶯飛同心兼得關雎別綠林雖豪敢犯之伴
作温柔仍渠說田頭白璧已沉波綠林覗之驚
欲絕桃花臉上春風生爭料背藏一寸鐵貞魂
應不逐飄風定作厲鬼將冤雪至今蘭石海為
清中有秋波照寒月

大忠祠

在崖山之上祀宋陸丞相秀夫文丞相天祥張太傅世傑

陸丞相

攘夷尊夏義昭然，豈但餘生為主捐。遺恨和戎迷國是，甘心抱日赴虞淵。朝衣濕盡孤臣淚，講幄時陳大學篇。千古大忠祠特起，厓山東下水連天。

文丞相

夷夏隄防天地裁，君臣名分日星明。眼看東日沉濵海，首戴南冠赴虜庭。奔走黍離何處所，從容柴市若平生。指南手把當時録，讀罷西風雙

泪横

張太傅

卞彪磔苦真應見南海奔波意卻深死節保孫程杵任青天白日陸張心瓣香祝處舟從覆大運窮時力不任二百年來還俎豆海山儀鳥謾哀吟

伏波將軍廟

在連州漢武帝時路博德征南粵屯兵於此

連山高高湟水深俎豆當年為誰設試問淮陽

百萬師何媼鄺生三寸舌

南粵王廟

舊在南海縣北祀漢南粵王趙佗久毀今憲府西侯王街有廟以任囂陸賈配焉

趙佗

兩龍鏖戰關內一廟獨步粵中自乘黃屋稱制身着赭袍呼嵩風雨數間廟老龜螭百尺碑穹中有任囂陸賈儼然作配西東

任囂

昔志囂墓在光孝寺廟在落前今俱無考

百粤提封萬井中原虎視耽耽昔為秦尉有狀
後禪龍川果堪古廟低佪歲月二陵想像禪龕
伏臘村翁走祭門前估客弛儋

陸賈 元有廟云在僧居之傍今無攷

漢秦已罷甲兵天下謳歌太平奉使來憑寸舌
無人上請長纓但遣清風動地何須黃金滿籯
堪嘆人亡世遠欲尋遺跡無徵

韓文公廟 在陽山公嘗為令於此

帝命文人掃世濁力去陳言追古作夏敦商彝
返太樸雕龍炙輠見者愕甫湜張籍安能學如
捕龍蛇與之角原道之篇識見卓佛骨一表忠
誠確君王不諒乃左遷來與潮人驅暴鱷衡山
陰雲一噓攘精神所寓靈濯濯咸池西走扶桑
畧南海窺遍衡湘洎陽山赤子不坦膊父慈子
順人無惡去思不已廟庭落輪材負土爭營度
椎牛釃酒崇一酉被髮乘龍來儼若豈但一方
懷諤諤四海九州瞻斗嶽

南海雜詠卷之二

南海雜詠卷之三

郡人張詡廷實著

冢墓

趙佗墓

南越志云自雞籠岡以至北天井連岡接嶺皆佗墓也初塟時輀車四出莫知眞墓所在予按此與曹瞞事相類蓋譎計也惟蒲澗側石馬舌上有六山掩何年墓川流幾代人遠同金陵衰近者石麒麟說者謂即佗冢之形勢也

伯圖已逐春雲散英爽應隨柳絮飛江北嶺南今是古青山一冢至今疑

嬰齊墓

佗之孫也吳孫權聞佗多以寶貨殉葬乃遣交州從事吳瑎訪佗墓莫能得但得嬰齊墓掘之得玉璽金印銅劍等物後二劍[illegible]穎上飛躍于江中

一坏何處尋今田犁古墓富貴空中花入生草頭露黃泉無敵兵枉以雙劍貯寶物非世玩終然化龍去

董正墓

正番禺人也操守清白志趣高尚漢末眾微不起墳今不知所在矣

重崗如抱嶽如蹲許遂 碧水春風野外昏杜甫 不覩

瓊林依玉樹（孫逖）閑看遊騎獵平原（陶雍）東風近墓吹芳芷（李羣玉）夾道疏槐出老根（韓愈）無限別魂招不得（崔塗）斷雲含雨入孤村（韓偓）

番人冢

（在城西十里纍纍數十皆南首西向）

華夷一大限生死一大憂時遇偶耕人指點番人塚

劉王冢

（在郡東北二十里沒山皆種荔子樹龜趺石獸在昔歷歷俱存有發其墓者其

中皆以鐵錮之竟不能動云

錮泉欲奚為鑄金亦徒爾人生陌上雲伯業東流水

楊太后陵

在厓山海濱太后聞變赴海死張太傅營塟

三年浮黑洋萬里辭黃屋辛勤何所為趙氏一塊肉一朝赴滄濵埋玉厓山麓風濤夜半聲宛若佳人哭

宋皇陵

志謂在香山南五十里山中有陵跡五與宋景炎帝崩于舟中殯于此按宋史載端宗崩于碙州瘞于厓山志載非也

萬里江山勢莫支君臣當日嘆流離東風芳草年年是白骨青山處處疑世界九州元屬宋衣冠一旦盡為夷憑君莫話厓門事話着厓門泪便垂

全太后陵

在香山梅花水陂

全后燕京去不還一陵誰道瘞香山頗疑也只

衣冠在月色長如見母顏

黄道娘墓 在新會東乃光孝寺拾田檀越也

道娘墳近官路傍來往人拈一炷香百頃良田都棄置一生心地得清涼八十紅顏猶處子尋常義氣奪秋霜只疑身是觀音化還以慈悲度十方

南海雜詠卷之三

南海雜詠卷之四

郡人張詡廷實著

山水

文筆峰

在郡南形如卓筆

千山萬山中見此一峰秀雲來片墨濃鴈過一字就千載謾書空誰以日計壽頎假補天手執詩臣以詩

坡山

在郡城大市闤闠中上有五仙觀

坡山高哉淩紫烟下有穗石一洞天羊駕何年
來五仙羊化爲石其中眠珠宮貝闕相鈎連仙
風道骨像儼然晨誦太上道德篇泠泠清韻如
響泉恍忽旌幢來駢闐步虛環珮空中旋紅塵
只尺如隔川閴寂不聞塵世諠我來乘風登其
顛下觀滄海變桑田羅浮左盼小如拳倒騎鳳
凰恣孤騫蓬壺方丈淺水邊黍珠放光照八埏
和氣磅礴降蜿蜒祥風披拂球琳宣相邀暫出

輔義軒文材武畧兼雙全大者爲聖小者賢光

輔吾

皇億萬年

景泰山

在郡城北白雲山之右其上常有雲氣飛瀑下注如有七仙人守其地後開山得石覆古鏡懸于寺中

七僊同坐一山中鏡覆如今夢亦空芳草欲尋

忠簡跡李昴英有讀書菴白雲遮措梵王宮花開不省

經年別人到惟聞隔嶺鐘鬪訊蒲菴也歸寂茶

烟空遶佛燈紅

西樵山 在郡西南

高扎西樵山足以抗天柱龍自曹慕來虎踞金陁嶙蜿蜒百里餘登者盡傴僂樹作老龍吟水溜靈禽語怪石肖人形壁立險絕所縈紆入山腰一望田膴膴山居數百家環堵雜竹樹鷄鳴日過中粤歌聞相杵維時秋七月黃雲遍田野撫缶歌豐年沿村殺鷄黍彷彿桃源入花木記

寒暑山迴路幾轉亭亭歸梵宇奇峯削不成見
人欲飛去巖巖古洞幽上有紅泉注和風淡簪
纓步步覺容與應接笑不暇一顧一延佇脫巾
掛松梢放足潺湲處兩袖摇天風幽懷浩無阻
行行雲谷庢飽食滴石乳東過烏利巖仙人有
遺距靈跡恍莫測神境妙難取再歷雙魚陂白
日驚風雨振衣不見濕去天尺五許誰云此山
小一覽臨寰宇

江門

在新會二十里

天接潮頭來舫白雲横水口映襄明一條正路

黄雲山名矗千丈盤空紫氣生

風光錯認桃花源烟樹上有䓫陵村瑞雪頻年

飛百粤德星白日照江門

世上自有郭璞眼江門水作龍門在伊川看春風

幾見童冠遊千古還開川上嘆

石門

在郡西北三十里兩山對峙屹若門然乃漢樓船破越之地也積石之說有异

之者今創西華寺其上

嶺南石門如劍門江水中流萬馬奔中有長蛇與封豕瘴烟白日常如昏樓船將軍擁兵下滄濵直欲一口吞大破石門收百粤英風凛凛今如存扁舟石門關訪古山青水白好人村禪扉次第連雲起幽閴不聞人世諠兩過山頭翻石燕風來水面拜江豚兩岸桃花爛如錦行人都道武陵源

厓山

在新會南大海中與奇石山對峙如門俗呼為厓門宋祥興舟師駐此後世傑與元兵戰敗宋祚遂移

超然孤嶼滄海上奇石東南屹相向浪拍厓門兩扇開中間潮汐暗消長鯨波四面如連環無風白浪高於山形勝豈惟衣帶地風波未許天險攀德祐當年國步尖四海腥塵蔽雲日孤兒寡婦共浮濱奔走正當亂離日旋作行朝山海間結為草市數十間經幃勸講失緩急鎮江鐵石非機關衛王齠齔纘皇圖太妃垂簾口稱奴

籌策兵戎惟世傑潤色皇猷獨秀夫北船樂作
師未出笑殺南軍兵失律子母同爲魚鱉腥君
臣俱葬蛟龍窟田首厓山雲霧深英雄目擊淚
盈襟只今來往任樵採芳草一陵何處尋
可憐漢燼不重炎寰宇腥風忽被漸滄海亢龍
猶駐蹕荒厓落月更垂簾虎頭將士時存幾牛
角山河日入尖龍馭中原知不遠旄頭當宁倩
誰殲羣雄捧日功何補竟歲奔波究不點生死
到頭寧有別熊魚自古不能兼倉皇戰守終成

拙辦息存亡豈假占戰敗孤兵探虎穴朝來隻手挽龍髯穢山因虜生寧詭柴市從容死不嫌楚王纍人還免玷胡塵到此不教霑此心白日應同照大節秋霜未比嚴砥柱要將東逝激還丹端為積痾砭無才似賈吾還吊有筆如杠史發潛香火大忠祠近設慈元全節廟宜添大明一出羣迷啓喬嶽重開百代瞻長句敢因孤憤泄瓣香聊為數公拈

石鼓山

在東莞西南突起平地有石如鼓世傳世亂則鼓自鳴

石鼓山石鼓形石鼓一朝響處處起刀兵相傳盧循來石鼓曾一鳴只今盲風怪雨夕草木盡作人馬聲疑是金華牧羊兒叱咤此物嶺海行又疑女媧補天剩翻教下土為石精大似會稽城門上空天白日雷霆驚方今聖天子四海歌太平我欲碎其鼓沉滄溟布陽和鞭風霆倒挽銀河洗甲兵

抱旗山

南有抱旗山雲雷長閃閃萬古此開張廻風不能捲

在郡南與之其形冉冉如旗山下江水環抱人不可登

白雲山

在郡北十里上有白雲寺

白雲山勢如龍虎更比匡廬得天趣洪厓浮丘杳無蹤瓊臺丹室如可覩禹粮處處得充飢堯韭堇莖資大補九龍之泉自天飛聲落長江振閩楚鶴舒之臺高入雲安期白日昇天去澗底

惟留九節蒲欲尋僊蹤知何處劉鋹取道命呼鑾黍佗葬宮來避暑百年富貴安在哉惟見巖頭紅槿樹梵王宮殿九天開千疊萬疊烟霞阻僧到惟聞隔嶺鐘雲深每失來時路兩山居士天挺豪第一名書摹禮部山僧見之欲絶倒建亭刻石絶險所家君嘗摹米芾蘇南第一山三大字授寺僧摹于山之絶頂此山嶺南信第一佳名不愧大書取君不見興高不在升華嵩東山一登應小魯

崑崙山

本二山在新會六十里

名山獨推崑崙尊此山何緣名崑崙層巒疊巘杳神境桃花流水通仙源天路險絕樵採稀時有好事來攀援一一懷仙李輙迷路靈踪變幻不可言

杯渡山

在東莞南相傳有椰師以杯渡海來居此山

海風高海水怒海水茫茫一杯渡荆棘叢生虎豹丘跏趺之處景遂幽我亦有杯異於是光天

而生後天死十洲三島生中生五湖四海起處起君不見人言一葦曾渡江蓮舟之說俱荒唐

粵秀山

在郡北城中即越王臺故址也

憶昔越王謌舞臺千樹萬樹荔花開朝漢年年到此來又憶南漢呼鸞道千姝萬妓顏色好乾和殿上秋風早興廢百年東逝水青春不留君奈何越王宮殿今嵯峨觀音閣上涼如水俯視人寰小如蟻富貴浮雲何足睨

番山

在舊清海軍樓下番禺二山舊相聯屬劉龑鑿平之就番山積石爲朝元洞而以沉香爲臺觀於禺山之上方信孺嘗辯正以今志番山爲禺山理或然也

朝元宮裏秋風早清海樓頭夜月還興廢百年如走馬番山多錯認禺山

禺山

在郡學後

眼中不見沉香臺誰啓聖人燕居戶鼓瑟鳴琴玉几前一回一點春風下叶

羅浮山

在增城博羅二邑界上本名蓬萊山一峯在海上與羅山合上有洞通勾曲又有璇房瓊室七十二所即十大洞天之一也

羅浮山本蓬萊山廼大洞天十之一山高三千六百丈三百里周遭始見璇房瑤室七十二四百亂峯蔽雲日峯之奇者號飛雲六月氷天股戰慄更有神仙八大洞絕無人地天勿容洞之幽者勾曲通神行妙運速不疾雷霆車馬日夜宣風吹不斷練千匹天台鴈蕩徒稱雄十洲三

島差髣髴石樓突兀列西東俯視羣山如蟻蟲
登望滄海一杯泓塵緣捐盡心如失兩山相接
中截然石磴縈紆盤詰詘杳然鐵橋流水幽虹
橋石橋遠不及煙雲慘淡非人寰樵蘇路絕無
躋攀凡襟俗眼爭得近仙翁颯容稍往還蒼松
古檜如雲霧石上紅泉響潺湲何待丹竈在何
許紫鸞玄鶴空中搏梵宇琳宮相隱約梅花村
落桃源寬酒國長壽信有之潮田惡歲不相干
子西脚板剛一到排鄉枕上夢初闌仲素何處

在昔日結廬勝處寧求安靜觀了了環中趣未發能將氣象看此是延平單傳旨紛紛影響何足觀乃知名山大道本不遠了非出世非世間

峽山 一名中宿在清遠東二十里兩山對峙如擘太華舊載即二禺山也相傳黃帝二庶子採崑崙竹爲黃鐘管居於此

古人已不見今人又復來峽流東海去日色江頭催

廣慶寺 即峽山飛來寺相傳有孫恪妻至此化猿而去

玉環碎一聲回首峽山暮安得如蕭郎乘鸞携手去

飛來殿在寺中梁武帝時中夜風雨暴作黎明寶刹已在寺中

何年此飛來願尔千歲住風雨對床時只恐又飛去

達磨石在寺西舊傳達磨坐禪處石方數丈

折蘆渡江去說法臨江流料得無人聽惟應石點頭

釣臺在寺西昔趙胡釣得百斤金鯉於此

寺西一巨石下瞰三峽水何人下綵綸釣得百斤鯉

和光洞 在深谷中洞左右有五色榴花昔安昌期隱此

我上和光洞榴花開五色不見皇祐人踟躕空太息

沉犀潭 昔崑崙奴獻犀至此忽沉入潭後有漁人釣得金鎖尺餘以進

金鎖有餘光傍觀羨一飽何以沉此潭異獸聖不寶

龍磨角石在峽口相傳海春有龍磨角其上歲有新痕可驗

老龍數十頭時來此磨角渠爲霖雨牽我被烟霞縛

金芝巖在山之巔宋開寶間望氣者云有金芝遣使求之於巖得金芝二十莖鉢然作金聲巖中有葛洪丹竈

金芝出何許乃在巖之阿金芝與丹竈吾手得摩挲

老人松在飛來殿西南十餘丈後人刻之見夢於吉老

老人幾千歲形骸如盤龍寧爲樵斧斷不受秦

皇封

黃巢磯 在峽中巢覆舟處也

舳艫蔽江下破此急湍磯貪殺不自戒千金施何為

右十詠以其皆濵於峽山也故繫於此不得從類焉

浮丘山 在郡城西四里浮丘丈人得道之地學士黃諫曾結詩社其間

我聞羅山朱明失門戶浮丘丈人作杯渡浮來一往三千年至今靈蹤尚儼然葛洪丹竈在何

許歸來白石試爛黄赤松未來欵洞門學士詩
壇令尚存自從學士歸天府人物空然一環堵
我來緬想真仙風欲拉幽人闢舊踪截酒張琴
時一至高歌擊碎鐵如意

馬鞍山

在郡北麓步秦時望氣者謂南海有王氣發卒千人鑿之後馬伏波駐兵岡上每風雨晦暝若有人馬之聲

鬱鬱葱葱王氣佳兮巃上揭竿千卒闢兮伏波
駐兵枹鼓幡兮追天陰雨殺聲哀兮豈山有鬼

自相磁号

南海雜詠卷之四

南海雜詠卷之五

郡人張詡廷實著

虎頭巖

在白雲山崎嶇險絶望之如虎首耽耽下視

剛被海風吹老慣逢野火不燒漁父問名海口南海口有南人錯認班超虎頭門

滴水巖

在蒲澗之上飛泉百尺下臨無地

玉局僊人何處歸月明鶴馭見依稀曾蒲澗底

笙簧奏滴水巖頭練悅飛落落遺經是補茫茫墜緒須尋滄波起於涓滴萬化生乎一心

沉香浦

在郡西金利都呉隱之歸自番禺其妻劉氏齎沉香一片隱之見之遂投于浦後人名其地曰沉香浦築亭其上曰沉香亭

天地有終窮四大良假借借問世間人誰是長年者而況身外物但積豈不化珠璣等荅通璧齋土苴何物沉香微一一令捐舍惟餘沉

浦清風亍古射

黄婆洞

在寧都山五代時有黄嫗避地於此後仙去

黄婆婆來何許人不識竟仙去

桃洞

在寧都山東南古有桃樹百餘株環以石欄世呼為桃洞又呼為桃村當春則爛然紅映山谷蓋人間之桃源也

隔洞杳長津桃花歲歲新時時覿毛女怕是避秦人

琵琶洲

在郡東三十里以形似故名

點點洲前雨過冥冥江上烟霏潯陽老妓出舟時目擊江山掩泣○莫恨無絃可撥且教低唱些兒酒闌携手看花枝司馬青衫多濕

右調西江月

藥洲

在城西僞劉聚方士鍊丹之地今濂泉書院即其地也

洲上風吹百藥香洲前流水一溪長金花顯迹

平湖出劉鋹歸朝九曜石名荒白雪黃芽非世藥塡離取坎却真方紫陽未出玄關閉誰把參同叩魏陽

僊湖

在城中因金花得名今白蓮池其故址也

僊湖之水長東流僊湖之僊麻姑儔湖僊本是西王妹一謫塵寰幾千歲依神為覡不嫁人笙歌長遊玉洞春一朝靈骨蛻湖水披拂異香聞十里玉顔花貌儼如生怪底驚殺五羊城湖傍

特起金花廟靈既昭昭人不曉只今湖上多白蓮白蓮花開疑水僊

洗口

在郡北四百里南漢愛將邵廷琄被讒賜死之地也

洗口水流秋復春禹餘宮蹟久封塵不知當日為心膂門裏人還門外人南漢主嘗謂士人為門外人獨任宦者凡群臣有才能及進士狀頭皆先下蠶室然後進用亦有自宮以求進者也

昔年洗口一鴟夷影響千秋跡不移南去北來無了日水光山色有餘悲

南海

去郡城十里

百里雷聲日夜諠虎頭門外水連天分明水國三千界隱約龍宫十萬椽蛟室蜃樓胥夾輔江神河伯總承宣日華朝吐乾坤外寶氣光生甲子海中山名前玉樹珊瑚多似米洞庭彭蠡小如棬共期九老丹霄上還訪三神弱水邊眼孔果從真處得丹青浪有世間傳海傍撞着安期老問我乘桴住海年

粤江

鄺前跡

江也

長江東下浪如山閱盡人閒幾興廢蕭寺門前水更深碧波半是離人淚古今送別多寫海珠寺中

風來不作瞿塘險日照還同江漢清天塹了無南北限扁舟一任東西行

四海五湖通地脉千秋萬歲遶仙城無波不是朝宗意有浪應非灔澦聲

十年不上黃金臺浩思臨風不易裁無情也笑

長江水南北年年送往來

零丁洋

在香山東海中文丞相詩零丁洋裏嘆零丁即此地也

回首零丁洋紅輪忽西墜不照孤臣心空墮孤臣淚

媚川都

偽劉採珠之地也隸卒二千人因而死者相枕既充府庫復以飾棟宇及宮女之粧謔美克平之後得之以進太祖令小黄門持示宰相且言採珠危苦之狀開寶五年詔廢

君不見媚川都浪如屋風日號鬼夜哭老蚌放光射太微小蛇學作蒼龍飛生靈十萬化魚鱉裸形入水尋珠璣十無一二返徃徃飽鯨鯢一朝雷震蛇驚死怪滅氛消從此始

白龍池

在新會崑崙山頂池生雲霧則龍見

白龍池上水滴滴中商霖何故無人識祗緣雲霧深

黃雲失白晝紫氣騰虛空樵蘇爭敢近潭底有

潛龍

聖池

在新會綠護屏山頂

千流分作潤一脉暗通溟有水多愚辱茲池獨聖名變化無方在停涵太極生懸知千歲入人物此鍾靈

聖池在何許乃在僊山頂雲來白晝失日照光舉鏡一脉潛通滄海匀千流競出溪澗分與雲致雨澤枯槁鍾靈毓秀產至人夜看月照雲不

起朝見風來波亦止任公不得暫垂鈎巢父安
能頻洗耳靈源混混真圓融妙用袞袞元無窮
四海蒼生望霖雨不應池底尚潛龍

南海雜詠卷之五

南海雜詠卷之六

郡人張詡廷實著

泉石

簾泉

在郡北蒲澗水自白雲下注而爲飛泉若簾箔然故名昔安期生得一寸九節蒲於澗底

白雲絶頂有飛瀑大珠小珠落萬斛初疑銀河瀉九天又如環珮歸仙躅毛髮森然不敢留稍下百步金石幽如將白練爲簾箔高挂清虚之

殷頭定是天孫爲紡績嗔取鮫梭方織得風來不捲月不鈎世不收拾垂百尺我來手弄潺湲處青天白日驚風雨何當飽嚼九節蒲捲簾飛挾蓬萊去

貪泉

在石門吳隱之酌泉賦詩之處也南漢劉龑惡其名運石塡之天順間學士黄諫謫判廣州始訪而得之爲亭以蔽風雨予因追次吳公之韻以爲昔賢頌焉

使君立心不立産使君貪義不貪金不是貪泉不清泚貪泉聊試使君心

予既追和吳君之韻又從而為之歌

曰

貪泉之水不必濁我來引瓢試一酌黃金大義孰重輕衣可芰荷食可藿我心匪石不可移我心匪馬不可馳黃綺尚茹商嶺芝齊夷只食西山薇居官貴已至刺史環堵蕭然只如許沉香一辨已投波鬻犬街頭資送女始信人心在守貞貪泉之水元無情嗚呼繼然彭蠡與洞庭此水未必敢與公爭清

達磨泉

在郡城北即今九眼井也昔達磨自天竺航海至指其地語人曰下有黃金萬斤貧民竭力掘之數丈而遇石穴石而泉迸達磨曰是不可以斤兩計也後人伐石為蓋開九竅護以石欄其味冷而且甘若夫劉氏呼為玉龍泉與夫所謂越臺井鮑姑井蓋又是一井在越臺下久塞方孚若指即此泉非也

水火良為世所需爭知仁道急於渠是誰鑿此先天竅萬兩黃金也不如

安期丹井

在碧虛觀三清殿前其味清甘烹茗瀹物作金石氣一石欄尚存欄八方刻八

卦云

雲山蒼蒼兮醴泉泠泠真仙駐節兮鍊形保精
藥爐火候兮九轉乃成刀圭入口兮白日飛昇
我聞先正兮室西造銘曰存順事兮沒吾其寧

東坡井

在玄妙觀東廡下東坡始鑿得一石狀如龜名龜泉護以鐵欄李昴英銘

昔坡翁鑿此泉得一龜尚蜿蜒化為石吐甘涎
味旨哉名遂傳鐵為欄護千年飲者壽民之天

雲母井

在增城鳳凰臺下邑人何仙姑生唐開耀間居常餌雲母没此水製之蒼詩所遺五絶句畧無人間烟火氣真飛仙語也予次其韻

娉婷瑤水一枝花二八青春碧藕芽自是生前帶仙骨底須勾漏覓丹砂

登臺揮手謝塵囂瀛海神山歸路遥雲母天花無覓處洞雲深處一聲簫

弱水蓬萊幾淺清尚緣塵緒惱人情撤手瑤池歸去晚一場春夢又分明

烟水蓬壺路欲微麻姑恠殺到來遲去時苦被

天書從忘與童童說得知

紫雲何處聳三台第見千門萬戶開別去井邊遺一鳥不知誰解着將來

仙姑又嘗於羅浮黍珠菴東壁題一絕字比晉人差清婉少骨盤時半歿惟有十三字存焉予嘗爲續之

百尺水簾飛白虹筀簫松栢語天風何時跨鶴還來此吟到無聲始罷工

大小水簾洞

在白雲山麓東西相距二百步蓋九龍泉下流也

淵水長流若箇添山花賁彝彝腰纖笙歌斷續來何處新月斜鉤一片簾

文溪在鷺洲堡大雁村忠簡公故居在焉因以爲別號昔理宗嘗大書文溪二字以賜之

平生依玉樹公爲菊坡門人幾蹶抗金閶嶺海二年下文溪配武溪武溪余忠襄公別號也清風朗曉節種菊作生涯聞道崔丞相剛傳孝

探花

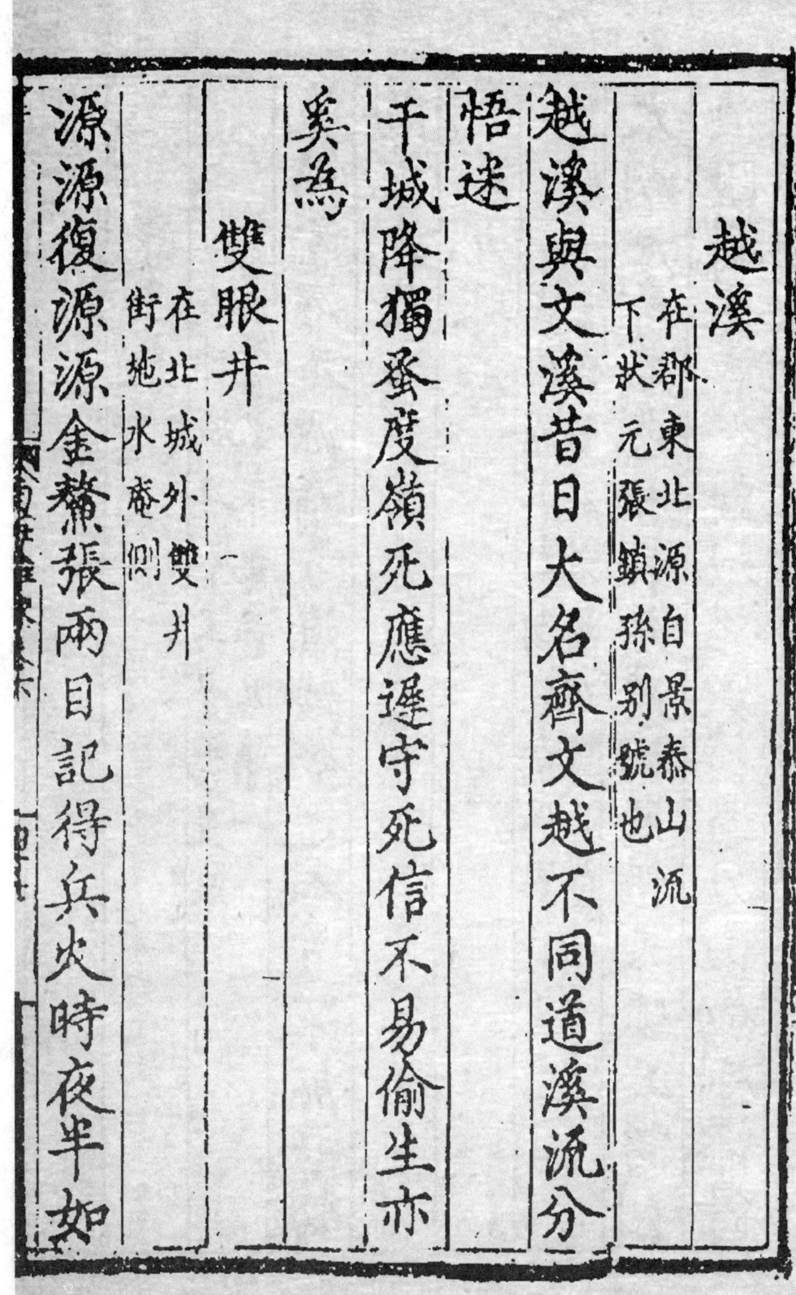

越溪

在郡東北源自景泰山流下狀元張鎮孫别號也

越溪與文溪昔日大名齊文越不同道溪流分悟迷

干城降獨蛋度嶺死應遲守死信不易偷生亦奚為

雙眼井

在北城外雙井街拖水庵側

源源復源源金鰲張兩目記得兵火時夜半如

人哭

學士泉

在郡城北十里學士黃諫所鑒水泉記品居第一

流濁兮濯足源清兮濯纓今之人兮不然者將

詢兮先生

九曜石

在樂洲上太湖產也偽劉時富民負罪者海運置此自贖

太湖產奇石色相良楚楚初疑補天遺又訝列

星墮劉王古桀紂炮烙以待過刀山劒樹憐得

石乃免坐遂令檕洲上積石如飯顆一朝伯業傾斯民出水火惟餘幾片石惡名千古播

動石

在寶象峯上叱之則動

象峯多怪石時作獅子吼剛被黃初平叱起滿山走

盧堠石

在南其堡水濱按志盧循浮海而來與吳隱之戰于此因立烽堠其上

盧循乃亂臣隱之作廉吏廉吏與亂臣薰蕕不

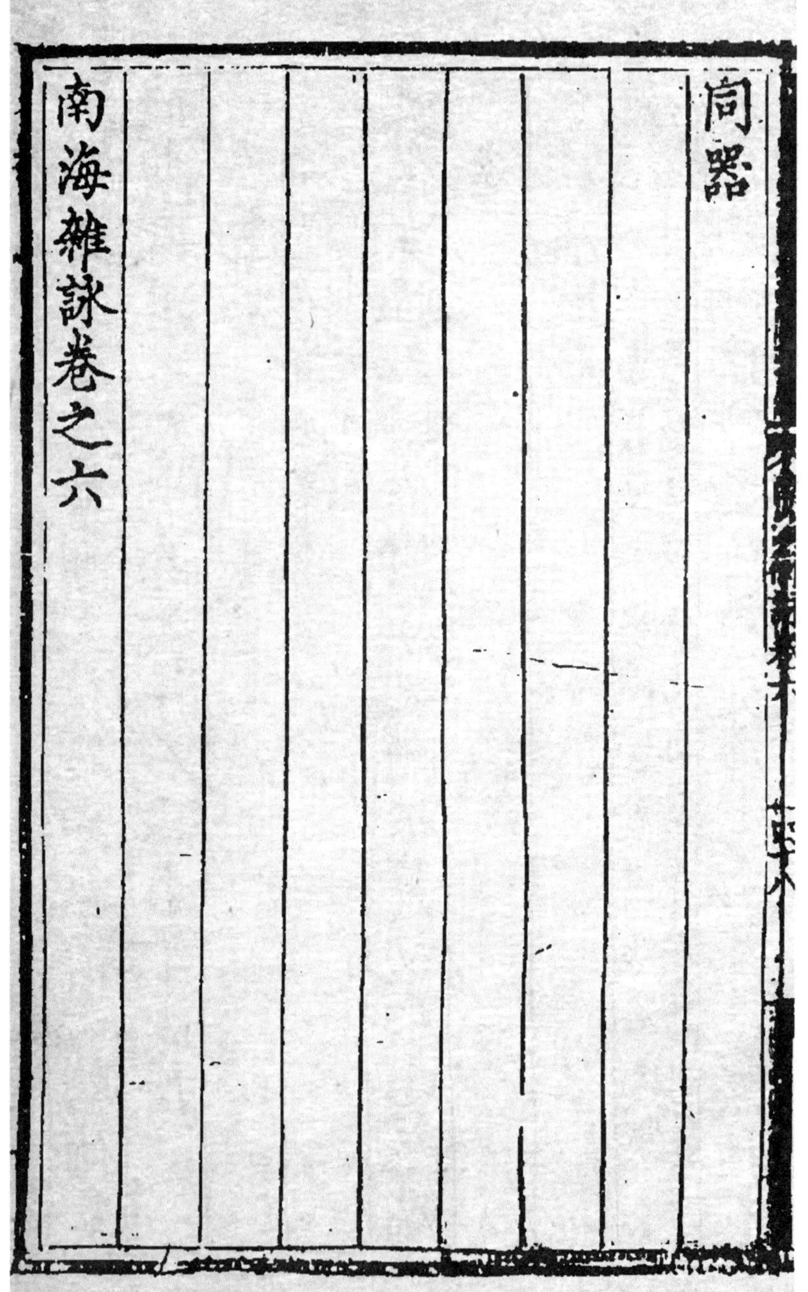

同器
南海雜詠卷之六

南海雜詠卷之七

郡人張詡廷實著

亭臺

越王臺

在城北四里趙佗張樂于此一名臺岡一名越井岡又謂之天井

崇臺千尺皆蒸土夜夜登登不歇杵一麾一陛塗民脂畫閣雕欄貯歌舞春風到處沉檀香溽暑四壁水晶涼江山延袤萬餘里綺窗啓處烟茫茫空中縹緲羅仙仗絳旌羽葆屹相向錦茵

獨鸖傾城娃牙床高掛銷金帳管絃嘈嘈宴諸
王夜焚蘭麝坐椒房臺上月來人已醉樓頭風
起樂初張中原鹿走人共逐多少英雄就擒戮
何如臺上樂少年清歌妙舞懽不足霸上真人
仗劒與除秦掃項致太平殷勤專使致尺書白
旄黃鉞郍能征秦佗了似太倉鼠日飽陳紅得
容與百年伯業一朝傾富貴榮華問何處百粵
山河秋色空故宮禾黍月明中見說漢高當此
際未央宮殿起秋風

鳳凰臺

在東莞道家山昔有鳳凰來集於此白玉蟾有詩

鳳去還來世不知仙郎著處見題詩方今天子當年舜千仞岐山一振儀

妙高臺

在靈洲寶陀寺東坡有詩石刻尚存

南遊寶陀寺直上妙高臺前身德雲主今日長公來三生緣變化萬有歸塵埃百年彈指頃擾擾胡爲哉

韓文公釣臺

在陽山三門灘下韓昌黎垂釣處也

釣石起千仞滄波一掌平伊人垂釣處月白更江清

嶺南第一樓

在坡山上榜曰嶺南第一樓下榜曰鯨音晨昏擊鐘於其上焉

五僊勝蹟坡山岑第一樓高冠古今記得扁舟湖口過噌吰桄畔有鯨音

處遠樓

在海珠寺後學士黄謙謫判廣州時建名取范文正公岳陽記中語也

謫情羈思兩茫茫一度登樓一斷腸昔日巽懸今日短紅雲心比白雲長羅浮山色如衡岳南海波聲亦楚湘聞道邯鄲夢千轉至今猶未熟黄粱

拱北樓

即昔之清海軍樓也在雙門之上雄壯華麗設更鼓其上

十州地數廣州雄一上高樓思不窮頂上有星皆拱北眼前無水不朝東四時鼓角晨昏定是

處人烟水陸通變穀嶺南風土好滿城蕉荔緑陰濃

鎮海樓 在北城上

高樓出睥睨鎮海得佳名棟宇青雲上欄干北斗平孤撑天地裏盡閲古今情秀色羅浮近洪波大海横

觀瀾亭 即昔之海山樓也在市舶司前其水貯之經月不變

觀水有術孟氏子誰能廻之韓昌黎我欲扁舟求一濟前山風雨正凄迷

浴日亭

在南海廟右小山屹立前瞰大海構亭其上宋蘇子贍有詩予用其韻

赤日初出扶胥口長風爲掃黄木灣試問漁翁釣南海何如孔子登東山已有佳山藏白首豈無大藥駐紅顔亭前撞着純陽子指點蓬萊水月間

百可亭

在藩省内西北

咬得菜根方百可養心寡欲老偏宜拔葵世想公儀子鬻犬誰非吳隱之

廣趣亭

在景泰寺前一里許舊為崇歸亭學士黃諫重建並記

風流學士文章手墨水翻騰風雨驟予來白雲訪高蹤一間亭子依山秀兩丸日月東西飛昔日紅顏今白首男兒料理果何事功名富貴真芻狗春風駐屐崑崙巔伸出擘天一雙手羅浮

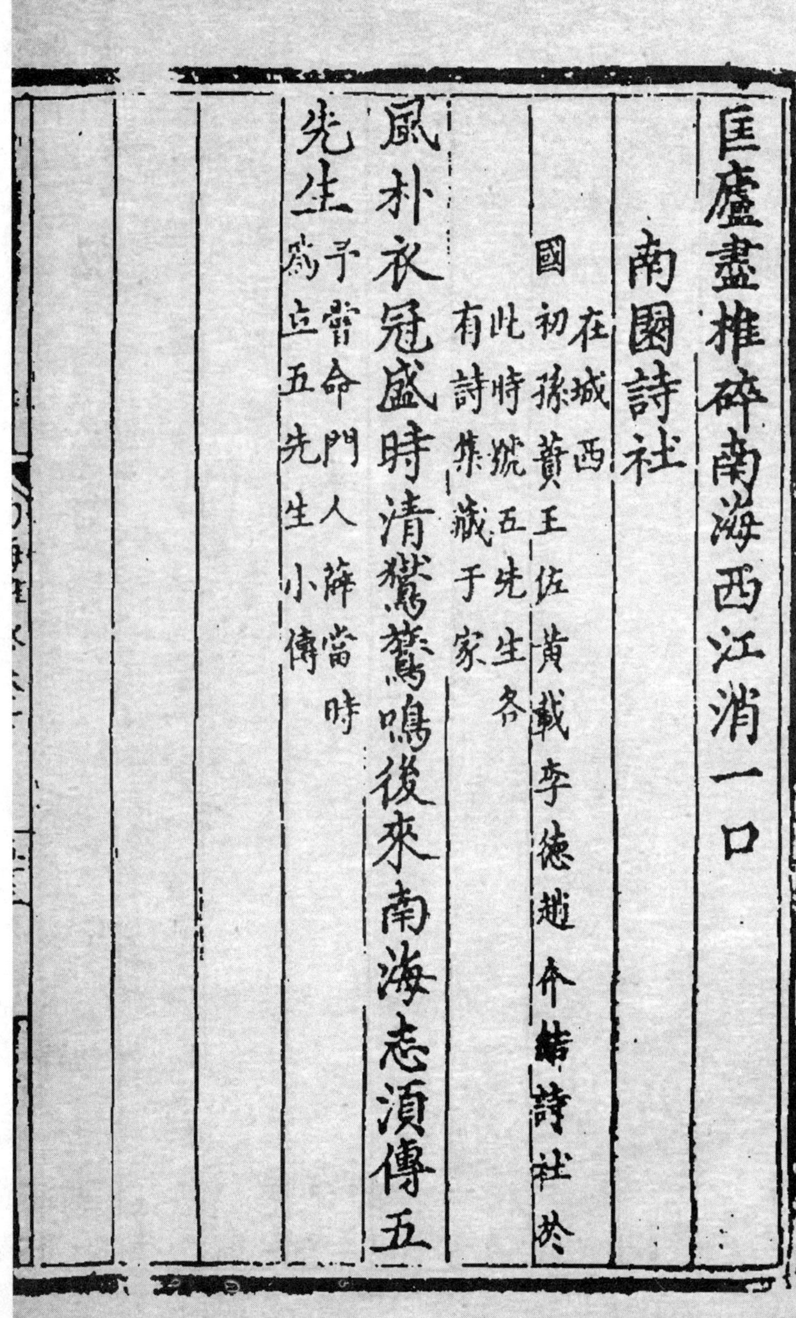
匡廬盡椎碎南海西江消一口

南園詩社

在城西國初孫蕡王佐黄戴李德趙介結詩社於此時號五先生各有詩集藏于家

風朴衣冠盛時清鶯鶯鳴後來南海志須傳五先生予曾命門人蒔當時爲立五先生小傳

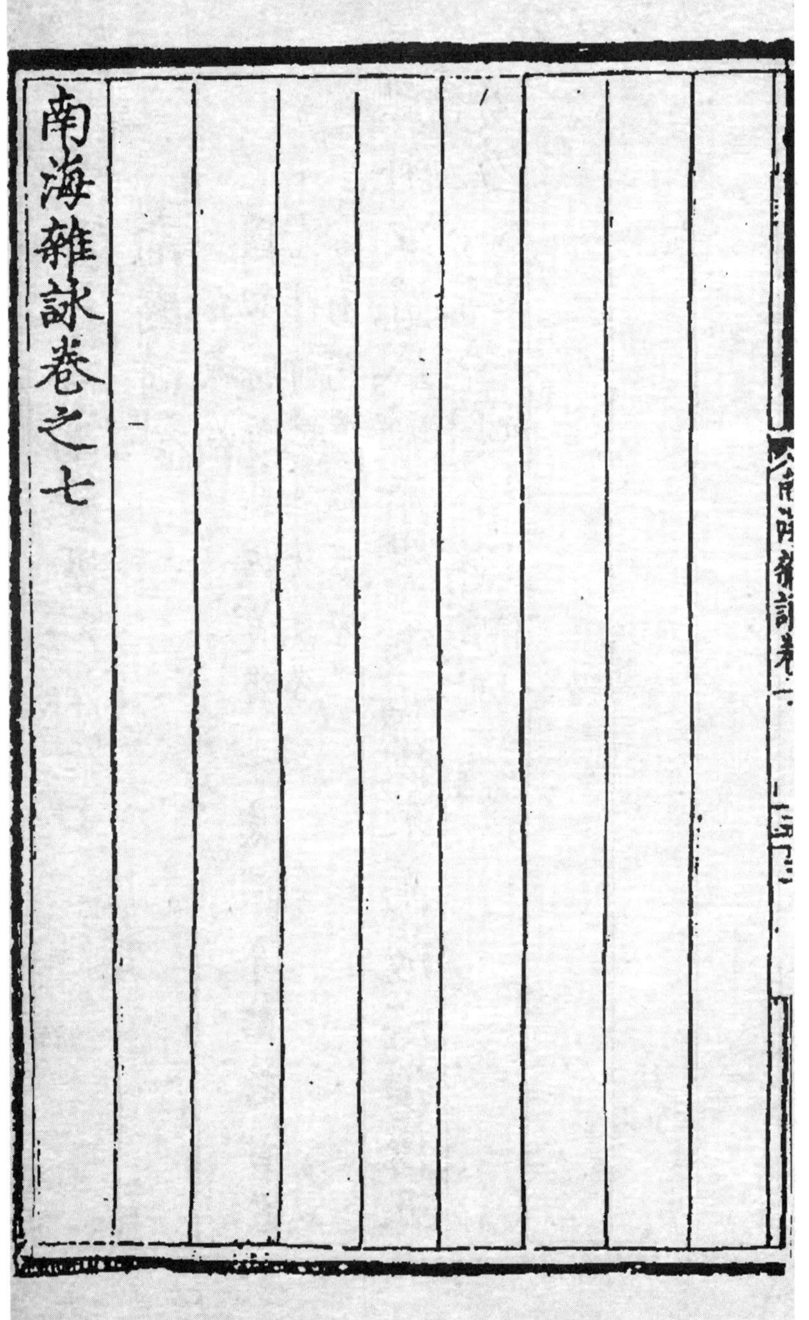

南海雜詠卷之七

南海雜詠卷之八

郡人張詡廷實著

寺觀

西來堂

在城南昔達磨西來駐錫於此

何年飛錫自西來 叶 萬古長空一鳥飛只爲少林無口訣教君何處覓筌蹄

月華寺

在古耕都孫蕡有詩予次其韻

連海幽人此繫舟百年身世傾忘憂辭兼楚客無雙拔詩壓唐人第一流古愽山川看似畫月華風景淡於秋翻低四皓商顏裏一局殘棋着未休

伍仙觀

在坡山之上昔有五仙人乘五羊持六穗而至祝曰願此闤闠永無荒飢既去羊化為石鄉人德之立觀以祀焉

五仙騎五羊手持六本穗有無何渺茫豐穰足為瑞

光孝寺

在郡城内西北雄壯深廣甲諸寺今祝聖壽之所

諸寺東南此寺雄千秋萬歲祝皇躬風光緬想虞翻圃明月曾來建德宮筆授佳名流載籍菩提古色上金容風幡一味禪和訣世沒盧能誰指蹤

風幡堂

在光孝寺中前有巨池植水松數十本度以石橋

一心具萬有神理貫三才爭似虛空説松陰打

坐來

衆妙堂

在玄妙觀中道士何德順建蘇文忠公記

吾聞玄妙觀中有衆妙堂山川孕人物星斗煥文章

碧虛觀

在滈（？）湖上昔始皇遣人訪安期生於此遺以玉舄

碧雲鎖斷此青山遥望琳宫杳靄間青牛過去遺道德黄鶴飛來問大還却笑捕風遺玉舄何

如東帛走商山今人點檢前人事依舊邯鄲夢未闌

西竺寺

在郡城内東北粵秀山左宋乾德建

路入碧山岑松篁夾道陰紅塵開寶刹城市有山林日出袈裟靜風傳梵唄深偶來隨喜處瓶水照禪心

興聖寺

在郡東北即草堂禪師化身之地宋季建寺元永悟禪師改建赤岡頭

膏火人間遍烟霞物外尋人須離苦海鳥亦傍叢林見佛寧為佛傳心欲了心偶來興聖寺像外觀威音

龜峯寺

在郡城西五里地名龜山舊為西禪寺今賜額龜峯寺

龜峯亦鷲嶺此寺非少林有僧方辦道無佛不傳心寄語蒲菴道海針何處尋

懷聖寺

在城中番塔街每歲五月夷人以五鼓登塔頂以祈風信下有禮拜堂無佛像

按桯史云番禺有海獠蒲姓占城貴人也既浮海遇風濤憚於往復乃請于其主願留中國以通番貨許之寺乃其故居之址也

夷夏天應共羊城地獨靈端陽登塔頂應起望鄉情

海珠寺

在大江中相傳賈胡墜摩尼珠于海化為此石其說甚怪

中流砥柱差堪擬滄海遺珠亦浪猜隱約龍宮開棟宇分明弱水限蓬萊詩人錯詠金山寺佛子惟登般若臺來往莫愁風浪惡櫂林自有渡

僧杯

寶陀寺

在郡西靈洲上洲在水中郭璞云南海之間有衣冠之氣即其地也昔東坡謫惠嘗泊舟於此一夜夢僧挼以麻糕晨起餘香猶在齒頰入寺僧云今日德雲和尚誕日也因設糕供養東坡遂感悟為詩有前世德雲今我是之句

金鰲戴靈洲遊戲人間世千歲歸不得遂成黃金地前世德雲僧今日東坡是麻糕在齒頰先後果一致輪廻如未斷努力第一諦

番塔

在懷聖寺高十六餘丈無層級其顛標一金鷄隨風而轉

孤標信拔地紫蓋欲揷天初疑是鐵筆細看如金蓮八風吹不動四海名相傳不是番人塔虛空有聖賢

千佛塔

在淨慧寺中即舍利塔也郡人林脩所建高二十七丈九八稜九層云

平地無梯到九層世間惟有聖人能千佛不知人不見休將螢熖指爲燈

悟性寺

在粵秀山下學士
黃諫構僧眠軒

寂寂維摩室蕭蕭般若臺山僧謔學士曾此借
眠來

法性寺

在郡城西
龜峯山南

碧眼少林尊面壁西來意旨本無傳翩翩隻履
西歸去留下桃花備問禪

白雲寺

在白
雲山

白雲深處欵禪關占盡人間第一關都道白雲堪作雨白雲依舊罩青山

我有白雲九龍水一滴自濟還兼濟珍重浮丘過我門九龍遥指冲虚際

華嚴寺

在郡北胥江六祖於黄梅傳授衣鉢相地創寺居於此

衣鉢西來六葉傳叢林宗旨尚紛然只憑一句曹溪水佛已前知二百年

靈化寺

在郡東扶胥口昔休欲禪師夜憩南海廟見鎮海將軍曰乞此廟爲伽藍將軍曰天遣鎮此土歲久烹宰非可駐錫乃爲擇此地師戒將軍毋作風波敗舟揖詳見志

休欲禪師乃至人鎮海將軍本神道至人神道郎大爭咨爾脩行胡草草

蒲澗寺

在白雲山半

古刹白雲顛人從樹杪穿江山真在眼棟宇宋知年塔影連滄海泉聲徹九天經壇飛不到誰

別少林禪

景泰寺

在郡北雲峯之上

勝處不在遠，雲峯載酒過。呼鸞笑劉鋹，避暑說秦佗。澗水調金石，山花賣綺羅。底須行世路，世路但風波。

玉臺寺

在新會圭峯

天地無情歲月磨，玉臺寺裏玉臺歌。玉臺不是

函關地頒怪朝來紫氣多

慈應寺

即大通正覺禪師院也在郡西南濱江有小川曰大通濬松林竹浦人跡罕至

大川東下水茫茫隔水松篁是上方烟雨遠連滄海外龍光直射斗牛傍空中宴坐諸魔滅天際浮杯一練長誰把桃花源比並落紅津畔引漁郎

月溪寺

在岩麓下

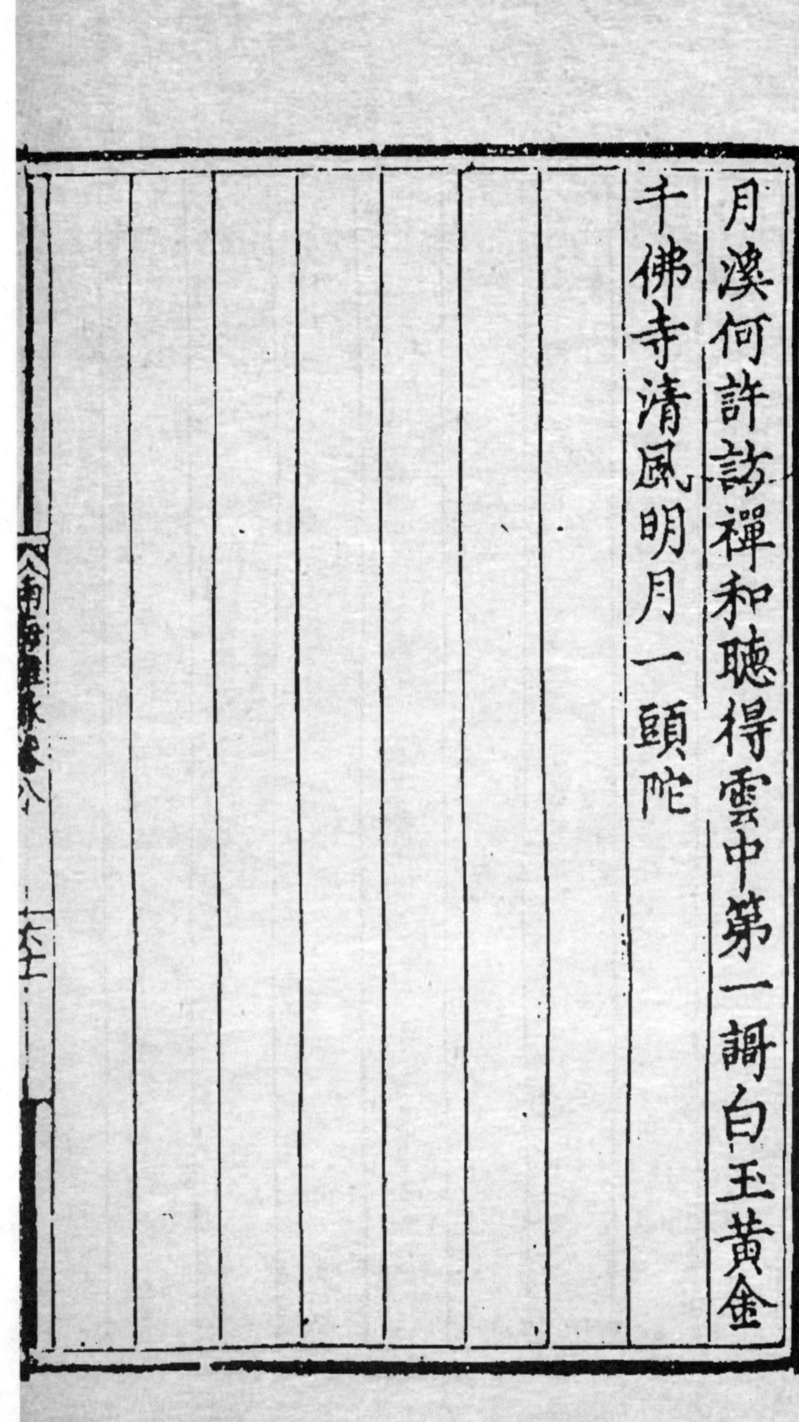

月溪何許訪禪和聽得雲中第一調白玉黃金
千佛寺清風明月一頭陀

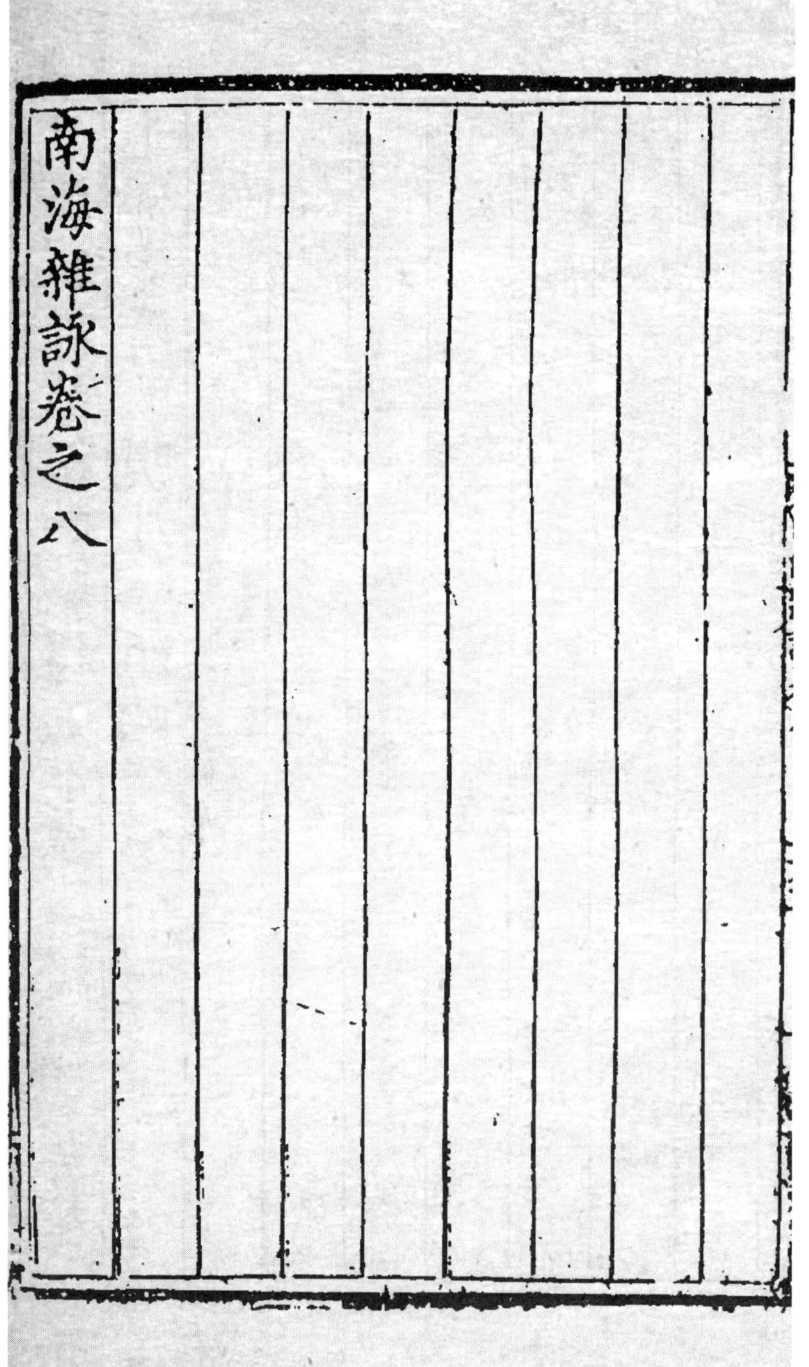

南海雜詠卷之八

南海雜詠卷之九

郡人張詡廷實著

橋梁

文溪橋

在龍頭市楊都祠左宋李昴英建

絲管紛紛日欲斜，隔溪烟火萬人家。紅橋綠水依然是，不見當年李探花。

相思橋

在增城崔清獻以禮部尚書歸老建，後人思之因名

記得登陴諭賊時至今草木感恩私恨殺橋成人已去相思如對峴山碑

越橋　詳見遠華樓

一水通滄海長虹跨碧川往來多犢載去住或漁船百貨日中市千金酒處捐風前歌窈窕月下舞嬋娟烽火何年起紛華一旦遷平鋪疑鵲翼驅使借神鞭風景依稀是懽娛不似前一間亭子囊勝蹟有碑鐫

南濠

在昔遠華樓下限以閘門與潮汐相上下盖古西澳也維舟于此則無風波之虞云

萬事傷心在目前司空曙　月光如水水如天趙嘏　春風掩映千門柳李郢　不見黃鸝見杜鵑陳剛中　捲簾羅綺艷仙桃薛逢　百粤風烟接巨鼇章碣　沙徑晚烟凝竹塢劉滄　鴈迷寒雨下空濠許渾

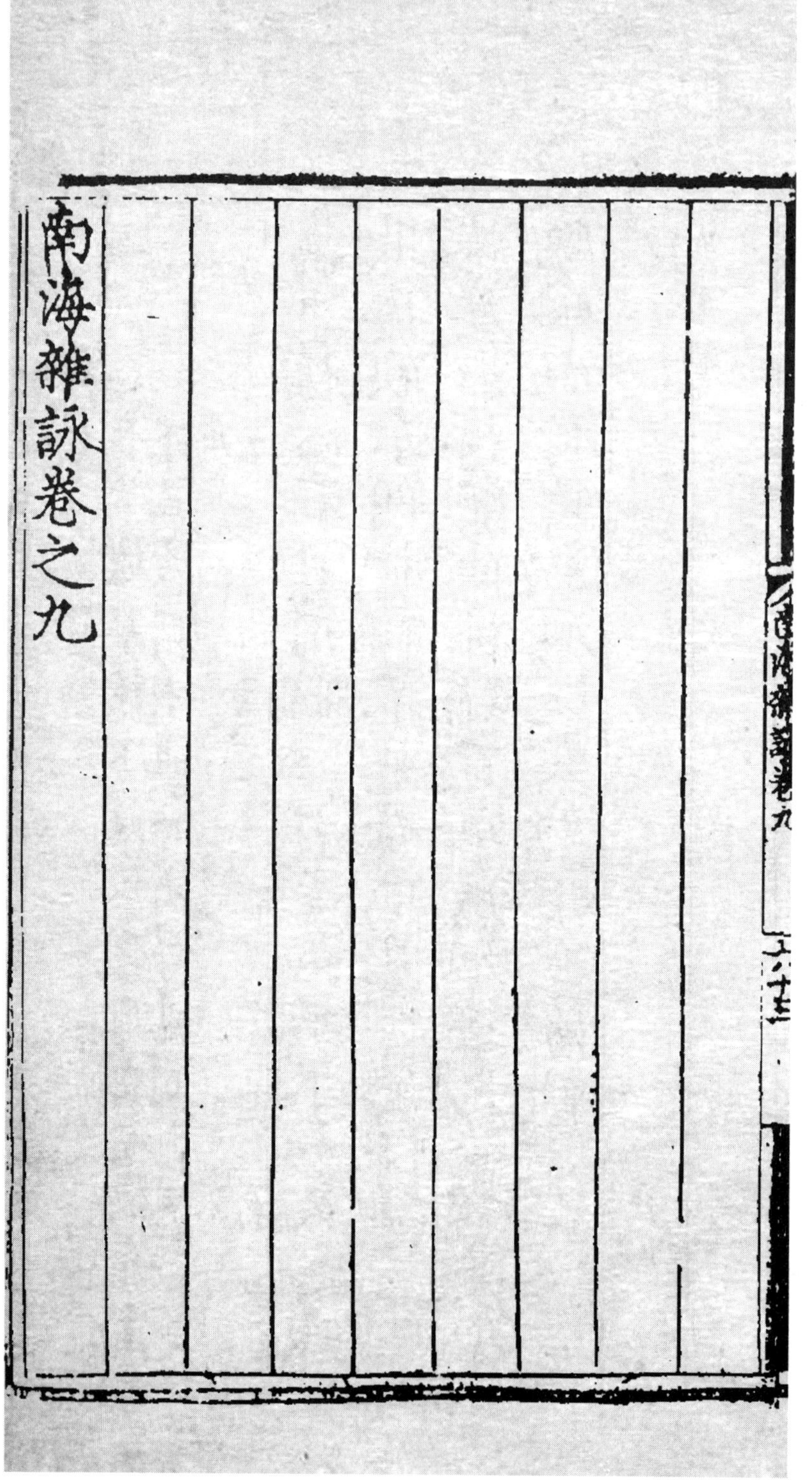
南海雜詠卷九　六十二

南海雜詠卷之九

南海雜詠卷之十

郡人張詡廷實著

雜賦

劉氏銅像

在玄妙觀内南漢劉鋹與其二子各範銅爲像少不肖即殺冶工凡再三乃成

恩赦矦蛇學龍範金爲像屢殺冶工金人已去翁仲無蹤恨不如謝豹羞愧若爲容

桄竹杖

生蒲澗葉如棕身如竹密節而實中可作杖云

生平稍就杜少陵今日携來羨門子化作茅龍天上騎膏火人間安用此

荔枝

九十七種

火龍精幻出金丹大如雞卵小粉團色如十八學士醉後顏味比細柳將軍烈不酸佳名别號十七種五月涼風滿樹般美人素手一擘破恰如水晶落金盤翻思一騎紅塵裹七日涪州來禁地楊妃半醉沉香亭鬖鬆一笑啓玉齒梁矣

稱柿張公稱世間百果安及之珍羞不及宗廟
薦至味徒為九曰滋盧橘楊梅三舍避妹桃郁
李斲見棄根移瀛海豈側生種向炎荒非得地
九齡一賦倡絶和從此芳名遐邇播子瞻平生
知味人啗來日啖三百顆賢才遭際自有時請
看嶺南荔枝果

龍眼

其品在荔枝之次

龍眼雖珍果因多價却廉著花明野圃乘實贈

閶闔盛暑攢如蟻秋風白鬪盐清香騰玉軨翠
色上珠簾具眼應多見稱奴每好謙盐顏無限
補止渴有餘甜女伴携籃摘兒童斬竹拈三朝
留火焙四海作珍膳盧橘中元冷楊梅性本炎
中和惟爾羨饕餮不渠厭玉食時充貢佳賓爼
旋添終身為世用厚味少人嫌衛玉非求售韜
光亦解潛紛華雜桃李骨鯁蓄箴砭藥譜功當
載仙翁齒屢霑陶門何必柳千樹映茅簷

茉莉

嶺南花品之最佳者

茉莉窮花品應居第一評色如西子白香賽馬牙清艷骨元仙種氷肌訝日精鉛華盡捐棄朴素得輕盈望斷金閨曙蒐迷蛺蝶輕鳥來應代語風動只含情當暑麗如妓佳人摘滿籯插頭無限好薰茗有餘馨性亦能蠲忿功兼助養生自憐生遠海徙只播芳名青錦何人賦緋桃浪子稱猗蘭從入操絶意慕浮榮

馬牙香

產茶園

南國香株老天人巧製成馬牙形偶取雞舌價同評佳氣達三島芳名動兩京清香浮凡席餘馥襲簪纓載去中華遍傳來外國驚始同檳榔隱晚灎廟堂榮九廟珍尤甚諸天亦不輕沉檀推獨步膏火謝時情事業同調鼎儒風陋泛瀛此爲知者道難與俗人爭

方竹

粵山中間有之

竹品類寔繁方竹惟從異五十有餘種戴凱之
所志根將蟠輪方節以束針比作舟未為鉅勝
箭來為細何如粵山中方竹拂雲起四稜一直
上偏頗了不滯廉隅色難犯正直心絕忌思昔
我
高皇武樓晚登慰咨詢治道餘方竹啓
玉齒顧問臣詹同偶獲獻
上位御手為摩挲親灑宸翰記雲漢爛昭回天
葩擬甚歸遂令植竹徽居然成偉器栽為七尺

節璽壽未足擬

尚皇棄羣臣記藏天府秘四海罔攸傳空餘詞

臣識物遇亦有時端爲方竹喟

白鷴歌

宋初主臨崩御舟有一白鷴哀鳴良久奮擊躑躅竟與籠俱墜海水予義之爲之歌云

君不見瀘南秦吉了餓死不首蠻夷丘又不見

唐家孫供奉奮跳欲斷朱三喉嗟爾白鷴急主

難委質捌配三忠傳憶昔海黃霧四塞天狗如

雷墮東北三辰鏖戰日無輝伏屍百里海盡赤
六軍披靡可奈何雲從飛龍赴碧波白鷳籠中
起躑躅恨不握劍揮長戈劍欲截斷黎政首戈
欲鑄絕宣尉脂請回飛龍駕雲車直抵中原揮
一帚皇天不祚趙孤兒白日不照吾心悲犇身
直翅輕一躑竟與金籠飽鯨鯢烏乎白鷳乃羽
族報主之義何其篤如何廁中拉脅奴禽獸之
心人面目太倉飽士多如林算來何如黎此禽
羽衣縞裳奪霜雪忠肝義膽鸞鳳音只今茫茫

海天角覓逐三忠戲冥漠千秋化作精衛翔悲
鳴直待滄溟涸

石龜

在龍頭半洲龜燥則晴濕則雨鄉人立于社以驗兆興作農事

石龜來何許立社尸而祝燥濕兆雨暘不假巫
咸卜

銅鼓短歌

按裴氏廣記云俚獠鑄銅為鼓面闊五尺餘今南海廟天妃廟皆有之

銅鼓之形如樸滿銅鼓之聲響春雷舊聞俚獠

鑄為此蝦蟇十二樣周回又鬧小兒見蛙怪蠻
酋荒塚中悲啼陰風晝雨作光怪乘濤鼓浪天
昏迷鎮海將軍鬧之怒叱令小鬼為護持海不
揚波在今日坐見萬國來航梯

舍利子

在資福寺乃東坡所施狀如覆盂圓徑五寸外瑩中疎舍利生其中無算昔惠衍識者東坡以犀帶易之爇以白檗施之僧焉

妙明屬本來舍利竟何物功過了不知終然是
枯骨

菩提樹

在光孝寺天監初僧智藥自西竺持之航海而來植于戒壇之前

紫蓋紛天花瓊枝露法雨如窮真實際菩提也無樹

波羅蜜果

今南海東西廟皆有之其大如瓠

南海廟前波羅蜜靈根元自西域持扶踈聳拔如青蓋結為碩果何纍纍金刀剖之素蜜漬一片入口沉痾離我聞楚王渡江得萍實剖而食

之爲如蜜當初不是兒童謊孔子縱聖焉能識波羅雖珍誰汝嘉年年結果不開花想當移來天上槎曾否見識於張華波羅蜜波羅蜜伊誰作貢獻皇家

屈眗布

在光孝寺所織之紋顏色至今不變

屈眗火浣乃何布千載色紋麗如故火之不灰水不濡驚怪人間幾遇婦君不見梁重悅巾那

足珍赤山石絨竟何補

靈鐘

在香山普陀菴宋咸淳間初建菴忽靜夜聞前潦潭鐘聲旦有漁人報夜見有石大放光衆往視見一鐘耳出霧將欲舁歸忽天半有聲鐘自飛入

寶氣動光怪往往漁人見好把飛來鐘挂在飛來殿

鐵柱

九十二乃南漢乾和殿所鑄物也今存六柱

乾和殿中黄金柱天陰雨濕㶕鬼語一朝覇業

題南海雜詠後

古今文人皆擅其一長而致不能無破病餒蕪而美者僅八九人耳此作高視闊步掩古轢今直欲合而有之譬如梁淮堰之決氣勢雄怒奔迸四出聲震數百里外嗚呼

壯哉！予讀是有以窺其志之大、識之卓、學之富，不知其少作也。前輩有踰冠應書京師，聲望藹然，老儒宿學不及者，吾非吾子之望而誰望耶？

成化己亥孟冬之望廣東左布政

題南海雜詠

予來官東廣幸遇吾年友東所先生養疴林下得常常請見講學論心咨詢時政麗澤之裨益多矣屢承見示近作詩文莫不粹然典雅淵然深

長悠然興趣者有關於人心世道不淺言也盖先生之學得之真師白沙先生義理既精涵養又邃故發爲文辭流出肺腑所謂有本者如是也近又得觀其南海雜詠一編乃發

年所作时尚未從白沙遊也而
其性情之正識趣之高已如此
乃知先生天賦夙成特取正於
白沙而造詣益深耳噫白沙
先生鳴道東南其吟詠性情
妙絶一世蓋兼淵明康節而

肴之東所先生繼之又能酷類
其師豫斯盛哉
弘治十八年歲在乙丑冬十月
既望廣東布政司左叅政
慈谿王綸汝言書

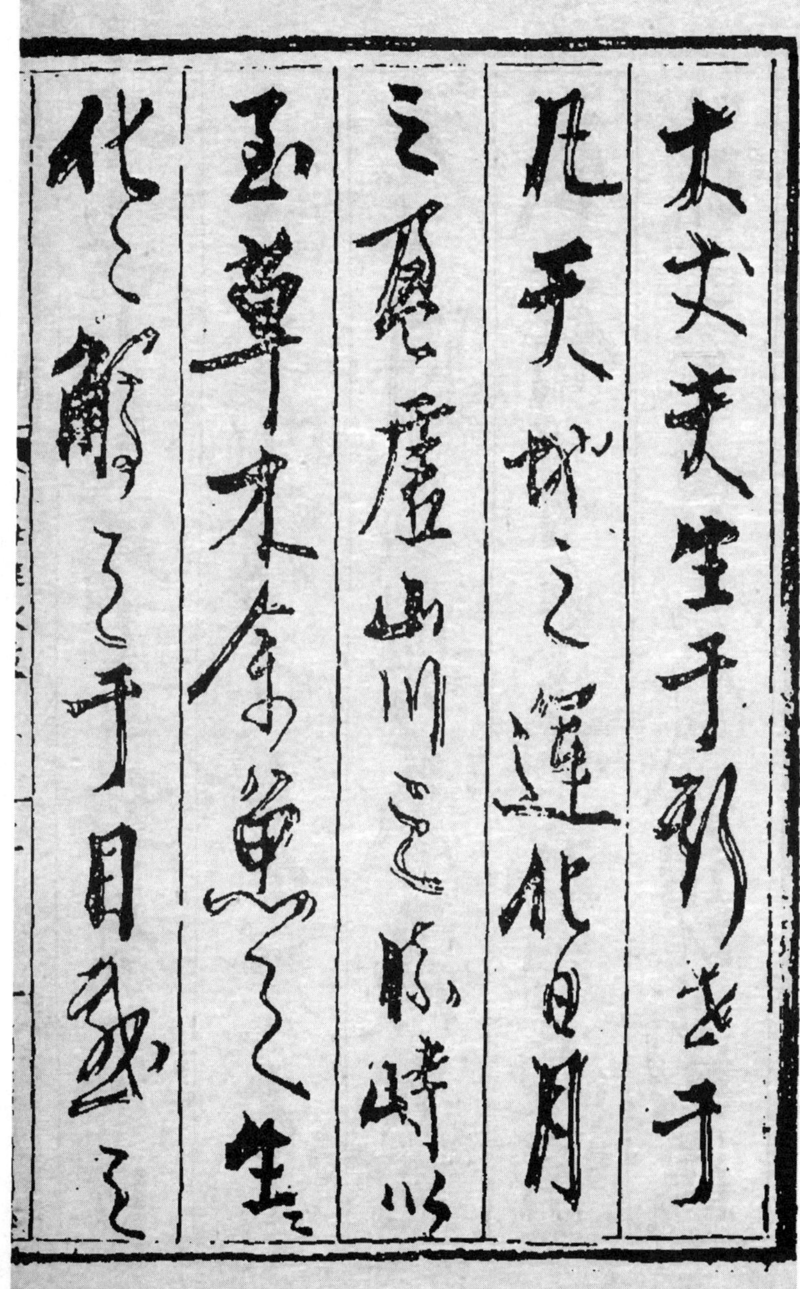

大丈夫生于那者于
凡天地之運化日月
三辰羣山川之形峙以
至草木禽魚之生
化之解之于目識之

于甲乙是蓋有不同之嗟而羅列者況書之唐宋隋盛興盛衰盛亡盛存有不同盛而字法之者不久觀衛倣

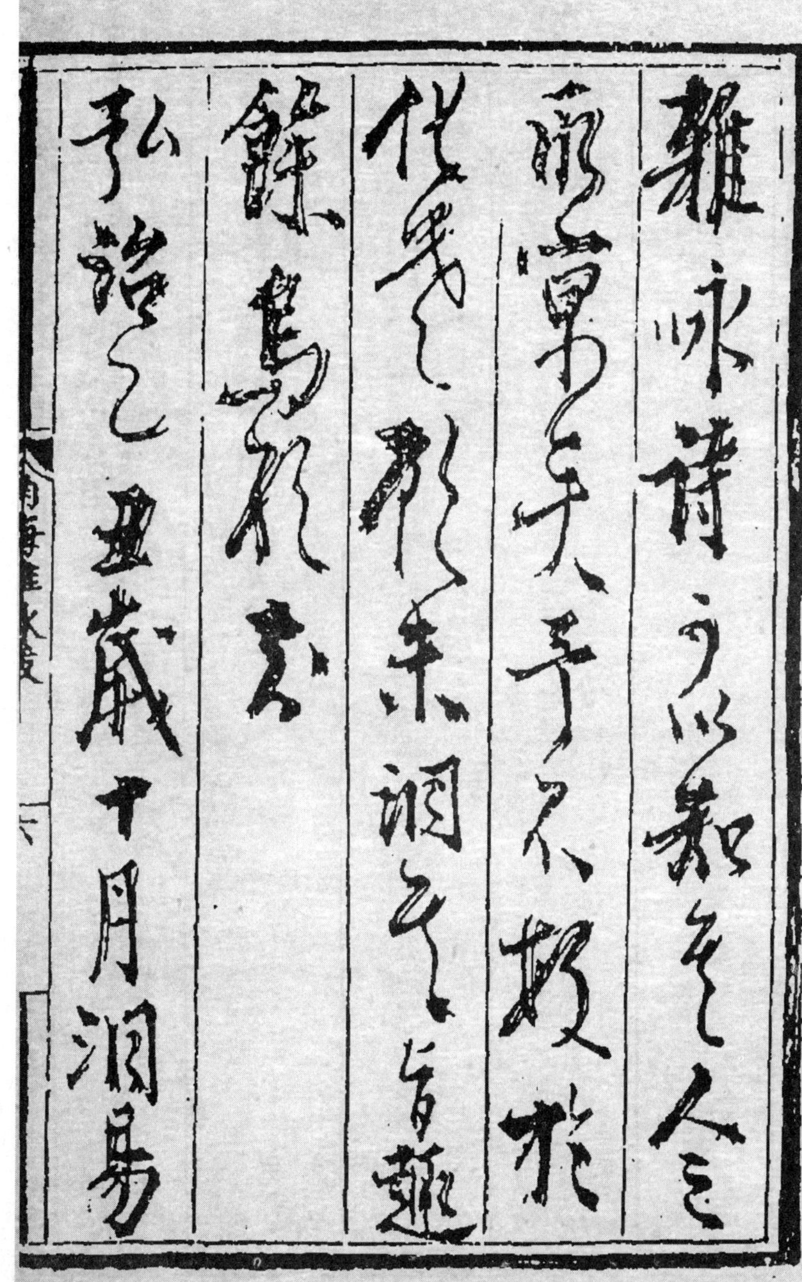

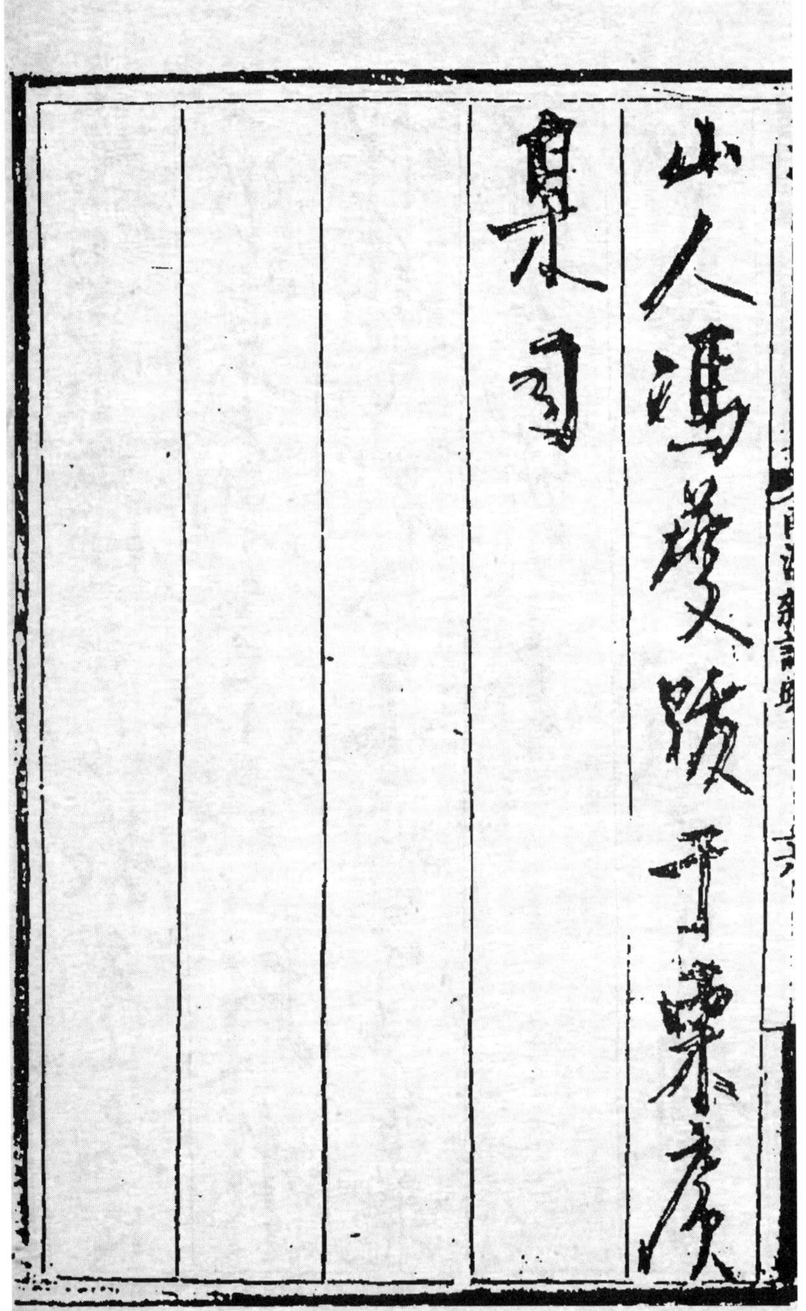

山人馮履文跋于粵東廣
臬司

跋南海雜詠後

右南海雜詠一編乃我東所先生蚤年所著之書也吾葥大司冦彭惠安公從吾爲東廣左方伯時讀而異之遂以明道德業相期待不但歆羡其奇才而已

也見公所爲跋者追余二十有
七年矣其後先生從白沙先生
遊得洙泗濂洛不傳之學爲世
名儒而世之人於是乎信先生
爲有志而服彭公鑒識之卓也
有年在先生門下每聞之先生

云愚聞之師曰論詩當論性情
論性情當論風韻無風韻則無
詩矣是故詩家法度可學也風
韻人人殊不可學也其至者超
然寄情於興象之間悠然得趣
於言意之表此蓋由涵養而至

弗容以力求也孟子曰生則惡可已也惡可已則不知足之蹈之手之舞之足之蹈之謂也然則讀先生之詩者苟能以是求焉則於先生之性情庶乎有以得之

與

弘治十八年歲在乙丑秋九月
菊節東莞縣儒學教諭門生林
有年謹書

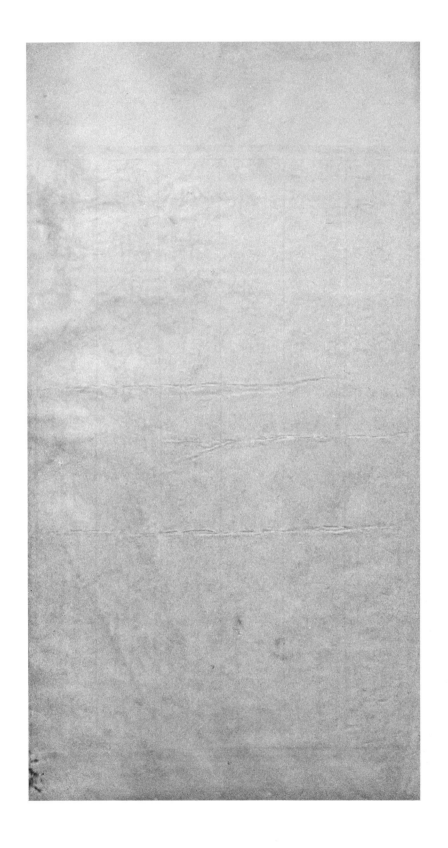

跋南海雜詠後

新會尹羅君維升遺余以近刻東所張先生所著厓山新志覽其引用書目廼知先生有南海雜詠之作繼歆見而未之得也弘治甲子秋適予執廣東搗屋

彌封事過羊城拜求覽焉先生
不外出以示之因請歸録爰捐
俸刻之梓併贅數語于篇末庶
讀者知是書刻之之所自云
弘治乙丑季秋之吉知四會縣
事懷集袁賓謹書

南海雜詠十卷 浙江汪汝瑮家藏本

明張詡撰。是集雜詠廣州古蹟，分爲九門，每題之下各列小序，皆摭志乘爲之，無所糾正。詩亦罕逢新語。